どうも、悪役にされた令嬢ですけれど

①

セリアン
ディオアール侯爵令息。金の髪に、深い碧色の瞳をした貴公子。リヴィアとは同じ園芸サロンに通う友人関係。
リヴィア
フォーセル子爵令嬢。貴族らしい生活に興味がなく、畑仕事が好き。『祝福』という不思議な力を持っている。
Character

シャーロット
オーリック伯爵令嬢。特に面識がないはずのリヴィアに対して、なぜか嫌がらせを続けてくる。
アレクシア王女
第一王女。妖艶な容姿で、大人びた色気に溢れている。あるトラブルの際にリヴィアを助ける。
ヤン
マディラ神教の司祭。リヴィアが幼い時に、ある出来事をきっかけに知り合った。
レンルード伯爵夫人
リヴィアとセリアンが通う園芸サロンの主催者。畑仕事が好きなリヴィアを仲間としてサロンに迎える。
イロナ
フォーセル子爵家の召使い。リヴィアが幼い頃から、彼女を温かく見守る。

どうも、悪役にされた令嬢ですけれど
1

Contents

プロローグ　婚約破棄、されました

その日、私は深い緑に囲まれた場所にいた。

王宮の一画にある池の近くだ。

春のうららかな日差しが差し込む、石畳の歩きやすい広場には、沢山の白いテーブルが置かれている。そこに、色とりどりのドレスを着た令嬢達と、きらびやかな衣装の貴公子達が笑いさざめいていた。

そんな中、私はぽつんと一人でテーブルの席についている。

砂色の髪に灰青の瞳《ひとみ》という、ありふれた色を合わせた目立たない容姿の私は、鶯《うぐいす》色のドレスのせいで、近くの緑に同化して見えるだろう。むしろそれを期待していた。なにせ婚約者もこの茶会に来ているのに、私を無視して他の女性達と交流しているのだ。

一人きりでいる状態で、目立ちたくないじゃない？

でも、居心地の悪い思いをしたお茶会も、ようやくお開きの時間になった。やれやれ、これで帰れる……と私はほっとしていた。

「本日はお招きありがとうございました」

各々が主催のアレクシア王女に、退出の挨拶《あいさつ》をしている。

ブルネットの髪を美しく結い上げたアレクシア王女は、飾った大輪の宝石の花々にも負けない、妖艶《ようえん》な顔立ちをしている。

私の一つ上の十九歳なのに色気に溢《あふ》れている方だ。

貴族としての順位で失礼がないように、後の方になってから挨拶の列に並んだ私は、待っている間ずっと、その美しさに目を奪われてしまう。

アレクシア王女のお綺麗《きれい》さを堪能《たんのう》できる機会は、そうそうない。今のうちにじっくり見ておこう。

なにせ私は、しがない子爵家の令嬢。

婚約者は伯爵家の子息だけれど、そちらも王家の覚えめでたい家というほど隆盛しているわけではなく……。

またアレクシア王女も、いずれは外国へと嫁《とつ》ぐだろうと言われている。そうなっては、ますますお会いする機会などない。

私は失礼にならないようにアレクシア王女に挨拶をしつつ、見つめた。

アレクシア王女の方も、ぶしつけな視線とは思わずにいてくれたようだ。

「リヴィア・フォーセル子爵令嬢、今日は来てくださってありがとう。また会える時を楽しみにしておりますよ」

優しい、そして形式通りのお言葉を賜《たまわ》って、私はアレクシア王女の前から下がった。

その後は、誰もが王宮の庭を散策していく。

王宮で王族の方々がパーティーやお茶会、観劇や音楽の鑑賞会を開かれる時でなければ、こうして自由に散策できる機会はないからだ。

私は散策ついでに、お茶会に参加していた婚約者を探すことにした。

「フェリクスはどこへ行ったのかしら」

彼は先にアレクシア王女に挨拶をしていた。その後、誰かに呼び止められていたのは横目で見ていたのだけど……池の方に行ったのかしら？

木々に囲まれた池は、ヒョウタンのような形をしている。

きゅっとくびれた部分には木の橋がかかっており、その向こうに赤い髪の青年が見えた。フェリクスだ。

私は橋を渡って、彼に声をかけよう……と思っていたのだけど。

私の背後から、誰かが走ってくる足音がした。

フェリクスの近くには他にも人がいたし、そこに知り合いがいて、駆け寄ろうとしていたのだと思っていたけれど。その人物が通りすがりざま、急に私の腕を掴《つか》んできた。

「何なの⁉」

池に引っ張られそうになり、私は思わず相手の手を振り払う。

その時相手の顔が見えた。金の髪の美しい少女と評判の――オーリック伯爵令嬢シャーロット。

さして話したこともない彼女が、なぜ？　と思っているうちに、彼女はちらりと口の端に笑みを見せて――横っ飛びで池に落下していった。

ドブン！　と水音が響く。

「……え？」

いったい何ごとかと、思わず彼女の姿を目で追う。

怪我《けが》をするのではないか、と思ったからだ。でも彼女は特に痛くもなさそうに、膝《ひざ》下まで水に浸かって立っていた。ただ、先ほどの笑みがうそのように、泣き出しそうな表情をしている。

すると背後から、誰かが私を怒鳴《どな》りつけた。

「リヴィア、シャーロットに何をするんだ……！」

振り返ると、フェリクスが駆けつけてきた。

なぜ彼が、シャーロット嬢と親し気なことを言うの？

首をかしげている間にも、彼は膝までの水深しかない池からシャーロットを引き上げる。そうして私と向き合い、彼女を自分の背に庇《かば》った。

……わけがわからない。

ただ、私が悪役にされていることは理解できた。

なにせ、庇われているシャーロットは、透き通るような金の髪の美少女。美しい青の瞳を潤《うる》ませている。着ているのは、淡いピンク色のドレスで、その腕や肩、腰の細さを強調するデザインだ。

そんな彼女が怯《おび》えてみせるだけで、たいていの男性はなにくれと気遣いたくなるに違いない。

一方、ぱっとしない容姿の私は、まるで彼女に嫉妬《しっと》していじわるをした悪役に見えてしまうだろう。

ほら、近くにいた貴族の青年達が、一様に少女の方を気の毒そうに見ている。

困ったことになったと思いつつ、私は言うだけ言ってみた。

「私は何もしていません。その方、ご自分から池に落ちたのですが……?」

そういえばドレスの裾《すそ》に、跳ねた水がちょっとかかったかもしれないと思い、私はちらりと下を向いて、自分の鶯色のドレスをチェックする。……あ、大丈夫だったわ。

「どこを見ているんだリヴィア!」

まだ怒っているフェリクスの声に、顔を上げる。

「むしろなぜ私の言葉を信用してくださらないのですか、フェリクス様」

淡々と返す。

フェリクスとは、半年前から婚約している。

田舎の小領地を治める子爵家の私と婚約してくれると聞き、婚約をした相手。

フェリクス自身はうちと隣接する領地を治める伯爵家の子息なのだが、生産しているワインの出荷にからんで、うちの領地を通る時の課税をどうにか逃れたいのと、うちの領地の川を使って下流の土地へ素早く出荷しようともくろんで、この婚約を申し出たそうだ。

年齢も私が十八歳、あちらが二十歳とつり合いがとれている。そして私が後継ぎ娘なので、次男のフェリクスが入り婿《むこ》となることも決まっていた。

のだけど……。

(そこそこ穏やかな関係を築いてきたつもりだったのにね)

婚約した後は、月に一度は手紙を送ってきたし、会えばそれなりに談笑はする間柄だった。でもうわべだけの言葉も多かったし、知り合い程度の近さでしかない。

とはいえ、私のように地味な容姿の女が相手では、すぐに恋に落ちたり、愛情を抱いたりしないのはわかっていた。でも半年の付き合いの中で、彼がこちらの意見をつゆほども聞かずに断じてしまうような、そんな人ではないと信じていたのに……。

好みの女の子が困り顔をしていたら、打算で婚約した女なんて気遣わない人だったらしい。

だってフェリクスの声が、私の心に流れ込んでくるのだ。


『ああ可愛い僕の金の小鳥、今僕が助けてあげる』

『悪い魔女を退治して、早く二人きりで語り合いたい……』


(――うわぁ)

思わずうめいてしまいそうだけど、口を閉じて何も言わない。

なにせ私が他人の心の声が聞こえる――といっても限定的な範囲――のは、誰にも秘密だから。

こういう力を『祝福』と呼ぶ。

神様から特別に与えられる力なのだとか。

そして希少だ。

私も自分の周囲で祝福を持っている人は、一人しか知らない。

普通の祝福は、植物の成長が早くなるとか、水を温められるとか、すぐに蕾《つぼみ》を開花させられるとか、そういった「神様に愛されているんだな」と思えるものが多い。

だから祝福を持っていると、求婚者が増えるものだ。

それに比べて、私の祝福はどうしようもない能力だった。

なにせ『恋している人の、心の中で思い浮かべたポエムだけが伝わる』というあまりにも使えないもので……。

恥ずかしいので隠すしかないじゃない？　別に公言しなくてもいいのだし、言わなければバレないもの。

でも、こんなポエムが聞こえるんじゃ、結婚生活が不安になってくるわね。

私は内心でため息をつく。フェリクスは完全にシャーロットに心が傾いて、私の言葉を聞く気がない。

一方、原因を作ったシャーロットの方は、フェリクスの背後で怯《おび》えた表情をして、胸の前で手を組んでいる。

見事な横っ飛びを見たばかりの私は、「ぶりっ子なんだな」と思うだけだが。

そもそも彼女からは、恋心ポエムが聞こえてこない。こんな状況なら、少しはフェリクスに陶酔《とうすい》していてもおかしくないのに。

シャーロットは、それほどフェリクスを好きなわけではなく、自分に恋させたいだけなのかも？

（なんにせよ、フェリクスはこういう女性が好みだったんでしょうね）

ふっと私は、交流のある奥様方が教えてくれたことを思い出す。「男はぶりっ子が大好きなのよ」という言葉を。

可愛らしい仕草や、甘えてねだる姿を見ると、それがわざとであっても別にいいらしい。

聞いた時には少しは自分もがんばるべきか？　と考えたけれど、「今がんばってぶりっ子をしてみせても、結婚後に息切れするわよね」と早々に諦《あきら》めた。でも試してみるべきだったかしら？

「信じるもなにも、俺は君がその手でシャーロットを突き飛ばすところを見たぞ！　シャーロットに何の恨みがあるんだ！　美しさに嫉妬しているんだろう！」

「ああ……」

こうしている間にも、フェリクスは私を糾弾《きゅうだん》してくる。

もう、私との結婚なんて嫌になっているのでしょうね。

結婚が急速に遠ざかっていくな……と思うものの、それは別にいい。他に結婚してくれる人を探すだけだもの。

ただ面倒ごとに巻き込まれたことに一番困っていた。なので、ため息交じりに本音を口にしてしまった。

「そもそも嫉妬などしていませんし、人を突き飛ばすなんて面倒ですし……」

「めん……!?」

シャーロットが目を見開いて絶句する。え、どうして？

「仮に嫉妬していたとして、どうして突き飛ばさなくてはならないのですか？　何か苦言を口にするのならわかりますが」

「どうして……」

フェリクスは数秒だけ呆然《ぼうぜん》としていたけれど、すぐに気を取り直したように言う。

「そ、そんな言い訳など通用するか！　君は可憐《かれん》なシャーロットに嫉妬して、こんなことをしたに違いない！」

私はため息をつく。

そもそも、彼女のどこに嫉妬したらいいのかしら。

彼女は伯爵家の令嬢だ。私よりも家格は上。

だけど伯爵が縁戚《えんせき》から養子に迎えた人で、礼儀作法がまだ未習熟なところがあるせいか、時々奇《き》矯《きょう》な行動をする……らしい。そう噂話《うわさばなし》だけは聞いている。

——端的に言うと、やたらと男性にばかり接近していく。婚約者がいる人でも、既婚者でも。

最初こそ優しく声をかけたりしていた貴婦人達も、家に招いたら自分の夫や息子にばかり話しかける彼女に呆《あき》れて、順次離れていっているような有様《ありさま》だ。

その噂を知らない人だけが、彼女と交流しているのだろう。

そんな彼女を、うらやましいと思ったことはないのですが。

外から見ると婚約者の心が奪われた状態だけど、フェリクスのこと、嫉妬するほど好きだったわけではないし……。

そんな私の態度も、フェリクスは気に食わなかったようだ。

「シャーロットを傷つけていながら、そんな態度をとるだなんて！」

「やめてフェリクス様！　私のためにリヴィア様をいじめないで！　私が悪かったのよ。何か気に障《さわ》ることをしてしまったのだわ」

シャーロットが、一歩前へ出ようとしたフェリクスを止める。まるで姑《しゅうとめ》にいびられている嫁みたいな言い方が気になるけれど。

まぁ、現在進行形で迷惑をかけられていることが、気に障っているかもしれない。

心の中でそうつぶやくけれど、それを二人に伝えるとさらに面倒なことになりそうで途方にくれる。

次に誰かと婚約するためにも、できれば私の汚名だけは返上しておきたいのだけれど……。

すると、別の方向からの声が私を援護してくれた。

「わたくしも見ていたけれど、シャーロット嬢はご自身で池に飛び込んだわよ？」

近づいてきたのは、池にかかった小さな橋を渡った木の陰にいた人だ。

いつのまにか移動してきていたのだろう、アレクシア王女がそこにいた。

私はアレクシア王女に一礼する。それを見て思い出したのか、シャーロットの側にいたフェリクスも、慌てて胸に手を当て一礼した。

「アレクシア王女にはご機嫌うるわしく……」

「うるわしくはなくってよ？　わたくしのお茶会が終わった後とはいえ、直後に妙な騒ぎを起こされたのですもの」

ぴしゃりと言葉をさえぎられ、フェリクスは押し黙った。

アレクシア王女が私の味方をしているのに、なおも私が悪いのだと言い続けたら自分が不利になる、とは気づいたようだ。

「申し訳ございませんでした」

フェリクスが王女に再び頭を下げる。さすがのシャーロットも何も言わない。

とにかくアレクシア王女の登場で、この場は収まった。シャーロットは着替えのために立ち去ってくれる。フェリクスも彼女を追いかけて移動していった。

シャーロットは、この場を離れたところで、ちらっと振り返って私を睨《にら》んだ。

ということは、あの横っ飛びからの池ダイブは、やっぱり私を悪役にするためのものだったのでしょう。その理由が思い当たらないけれど……。

それにフェリクスが彼女に付き添うのは、どう考えてもおかしい。けど、もうどうでもいいわね。

あの分だと、早々に婚約解消の連絡が来るでしょう。

「大丈夫？」

アレクシア王女と一緒に側まで来ていた友人のエリスが、私をそっと心配してくれる。

「ええ、ありがとう。何もしていないのに、変なことに巻き込まれそうだったわ」

「それにしても、どうしてこんなこと……」

エリスの疑問はもっともだ。でも肩をすくめてみせるしかない。


そして数日後。

予想通りに、フェリクスの家から「婚約の話はなかったことにしてほしい」という連絡があったのだった。

一章　婚約者を探さなければならなくなりました

フェリクスの家は、シャーロットの家と商売上のつながりがあったらしい。

そんなシャーロットのオーリック伯爵家から、フェリクスの家との商売を遠慮したい……と言われたのだ、というのが婚約破棄をする理由だった。

商売を遠慮する原因が『私がシャーロットにいじわるをしたから』というもの。

自領の産業が立ちゆかなくなる、という理由で、フェリクスの家は婚約の方を白紙にすると決め、こちらに連絡してきたのだ。

……という筋書きらしい。

「それが本当かどうかはわからないがな」

と言ったのは、うちのお父様だ。

フェリクスの家が、オーリック伯爵家とそれほど多くの取り引きがあったとは聞いたことがないらしい。

だからその話に、どれくらい真実が含まれているのかは不明だ。

そもそも私、シャーロットに自分から関わったこともないし、いじわるもしていないので、ものすごい言いがかりにしか聞こえない。

お父様は、婚約して半年も経ってからの破棄の申し出に、すごく怒っていた。

ただ、婚約期間は本当に結婚をしても大丈夫なのか熟考《じゅっこう》する期間だ。婚約して交際を始めてから相手の問題がわかることもあるので。

そのために破談になった際の取り決めもしている。なので今回の婚約は、あらかじめ合意していた違約金をもらって破棄することとなった。

私としては、先日のお茶会の件があったので、「やっぱりそうなったのね」と思っただけだ。

むしろ嫁いだ後になってから、シャーロットにぞっこんのフェリクスに無下にされるとか、不遇な立場に追いやられるよりはマシだったと思っている。

妻の立場はそれほど強くないのだ。愛人を連れ込まれても、実家から抗議をしたところで、夫が無視したらそれでおしまい。そんな話はザラにあるので、周囲に触れ回っても「お気の毒に……」の一言で終了だ。

それに今回の理由から考えて、結婚後はあのシャーロットと交流する必要があったわけで。さらにわけのわからないことに巻き込まれたりするより、破談になってよかったんだろう。

私はフェリクスのことは忘れ、新しい婚約者を探そうとしていた……のだけど。

以後、私は何度もシャーロットに絡《から》まれることになった。

一度目。

新たな婚約の話が持ち上がり、その相手とパーティーで顔を合わせていたら、突き飛ばされたと言いながら、横からぶつかられた。

またか……と思いながらも、私は大騒ぎになったわけではないので放置した。

が、相手は顔合わせからケチがついたのが嫌だったらしく、「ご縁がなかったようだ」と言って話は立ち消え。

二度目。

自らテーブルにぶつかって茶器を倒したシャーロットは、そこに座っていた私にお茶をかけられたと騒いだ。

周囲にいた貴婦人達はシャーロットに厳しい目を向けたけれど、なぜか男性側からシャーロットを庇《かば》う声が上がり、言い合いに。

やっぱりシャーロットは私に恨みがあるらしい……。全く心当たりがない私も、さすがに嫌気がさし、つい言い合いに参加してしまったのだが。

その頃、お父様が婚約の話を持ちかけていた子爵家から「他家との諍《いさか》いごとは遠慮したいので……」とお断りされてしまったのだ。


そして今日、お父様は王都の館にある執務室に私を呼びつけた。

お父様のやや渋い趣味に合わせた、黒塗の机や書棚、茶色地の布を張った椅子という家具に囲まれた部屋の中、お父様は額《ひたい》に青筋を立てながら言った。

「リヴィア」

「はい、お父様」

「もうお前には縁談がない」

重々しい言葉に、私はうなずく。

ただでさえ一度婚約がダメになってしまった私だ。新たな婚約の申し出が少なくなることは覚悟していた。

こうなっては仕方ない。あらかじめ考えていたことを話す。

「では家督《かとく》はマリエラお姉様に譲って、私、修道院に……」

「修道院の寄付金がいくらになると思っている。セレナだけでも大変だったろう」

「あ……そうでした。セレナお姉様に先を越されていましたね、私」

一番上の姉セレナは、一度は婚約した。

けれど婚約相手が浮気がちな人で、セレナお姉様は三角関係からの痴話《ちわ》げんかに巻き込まれ……。

結婚が心底面倒になったので、傷ついたふりをして上手《うま》いこと修道院へ入ってしまったのだ。

お父様は娘を婚約させるのが初めてだったので、たいそうセレナお姉様に同情し、言われるがまま修道院行きを手配した。

当のセレナお姉様からはひと月に一度手紙が来るけれど、なかなか楽しく暮らしているようだ。

――男なんてもう面倒！　機織《はたお》り楽しい！　と。

セレナお姉様は機織りが趣味だったので、一日中機織りをしていれば満足なのだ。

……私も本当は仲間に入りたかった。

「では私、今からでも領地に戻りまして、変な噂が消えてから、改めて婚約者を探したいと……」

私は次の策を口にした。

「マリエラはそれで、分家の男と既成事実を作って結婚したんだったな」

「う……」

二番目の姉マリエラは、領地で暮らすのがとても好きだった。

領地の館からなかなか王都に出たがらず、畑を眺めながらのんびりしたい……という、周囲からすると覇気《はき》がないと言われるような人だった。

私もその気《け》があるので、気持ちはよくわかる。

そんなマリエラお姉様は、なんとか領地に居続けようと画策した。

婚約者候補との顔合わせの度に嫌われるように仕向け、領地に戻るなり目をつけていた分家の従兄《いとこ》と既成事実を作ることまでした。

……おかげでお父様は、二人を結婚させるしかなくなった。

そして残った私を絶対に貴族の子息と結婚させると息巻いて、二年前から私は王都の館で暮らし続けることになったのだ。

ああ、私も農地が広がる領地に帰りたい……。

お姉様二人がああなって、私が後継ぎ娘になってしまった時点で、諦めていたのだけど。フェリクスとのことや、シャーロットとのことで、なんだか疲れてしまったわ。

つい明後日《あさって》の方向に遠い目を向けてしまうが、お父様がダンと机を叩く音に、そちらへ向き直る。

「なぜうちの娘達はみな、華やかな王都やドレス、お菓子に興味を持たないんだ……」

「あははは」

私はごまかすように笑うしかない。

それはですね、田舎生活が染《し》みつきすぎたんですよ。

母は喉《のど》が弱い人だったらしく、領地の館で過ごすのを好む人だった。

出産してからは領地から動かず、必然的に私達姉妹は田舎の領地で生まれ育ったのだ。

春は行儀作法の勉強から逃げ出しても、種蒔《ま》きを手伝えば冬の前に作られたはちみつ漬けを振舞われたし、父も大目に見てくれた。

夏はとんぼを追いかけながら畑の草取りをして、合間に冷たい小川で冷やした果物をしゃくりと平らげた。

秋は刺繍《ししゅう》が嫌になって外へ飛び出しても、収穫の手伝いをしたら怒られない。

そんな生活を送っていたら、礼儀作法はぎりぎり習得できたものの、頭の中の知識のほとんどは、畑に関するものばかりになるのは仕方ないと思う。

貴婦人に必要なドレスのセンスとか、会話のセンス、社交の場での対応の仕方は実践歴が少なく、かなりの付け焼刃。

野良着の方が楽だと知っている分、ドレスをあれこれと選ぶのもおっくう。

王都へ来てからは、貴族同士での会話もなんとかこなしてはいるが……。会話の裏を読み取ろうとするのも、相手についての知識を掘り起こして、怒らせないように気をつけるのも疲れてしまう。

……農作業で培《つちか》った体力のおかげで、ひと眠りすれば全快するけど。

おかげで私達姉妹は、王都や貴族との交流よりも田舎が大好きになったのだ。

姉二人は見事田舎生活へ戻ったのだけど。私は出遅れた。

今こうして王都の館に住み、あちこちのパーティーへ出ているのは、残された私が次の子爵となる夫を探すためだ。

「もうお前しかいない。我がフォーセル家のため、良い縁を見つけてきてもらわなくては」

お父様が怖い顔で私に宣告した。

なにせ田舎の領地しかない我が家。体面を保つお金にも苦労するため、父はそこそこの家とつながりを得て、農産物をもっと売りたいという、ささやかな野望を持っている。

私も領地が少しでも裕福になるのなら、という気持ちがあった。なのでフェリクスとの婚約にもうなずいたのだけど。

「くっ……お前が祝福でも持っていればなぁ……」

お父様がないものねだりを口にした。

祝福持ちの令嬢は、王族に連なるような貴族家からも結婚の打診が来るという。

「そんなものがあったら、結婚に苦労するわけがありませんわよ？　おほほほ」

私は笑ってやり過ごした。

だって自分の祝福のことは言えない。

恋心がポエムになって聞こえるだけ、なんて祝福じゃ、役に立たなさすぎる。私の価値が上がるどころかマイナスにまで落ち込む。

亡きお母様にも「お父様が落ち込んで面倒なことになるから、その祝福のことは黙っておきなさい」と言われているのだ。

お父様は、意外とメンタルが弱いので。

ため息をついたお父様は、疲れた表情で私に言った。

「マリエラの時のように、問題を起こさないようにな。だから領地に戻ろうなんて考えず、貴族の結婚相手を探しなさい」

そう釘を刺された私は、改めて婚約してくれそうな相手を探すことになったのだけど。


「はぁ……そんな簡単にいくようなことでもないし、困ったわ」

持っていた土ごてを、さくっと花壇の土に突き刺す。

少しすくってポーイと横に土を捨て、また少しだけ離れた場所の土を掘り返した。

一度深く耕した後なので、土はやわらかくふっくらしている。おかげで土ごても軽やかに扱えて楽しい。やっぱり土いじりは心が洗われるわ……。

「婚約となるとね……。好きな人がいるなら突撃したら？　って言えるんだけど、難しいね」

隣で私の話にうなずきつつ、さっと息が合ったタイミングで穴に種を二つ三つ入れ、土を戻していく人物。彼は、私の隣にいるのがもったいないほど秀麗《しゅうれい》な顔立ちの、金の髪の青年だ。

かくいう彼も土ごてを持ち、手袋は土まみれ。

野良仕事のため、簡素なシャツやズボン姿になってはいるけれど、王家の縁戚でもある上、いずれは枢機卿《すうききょう》の席を約束されたやんごとない人である。

彼は『園芸を愛する会』の仲間であるセリアンだ。

『園芸を愛する会』は、主催者であるレンルード伯爵夫人の庭で、庭師のように土をいじって花や木を植えて育てるサロンの一つ。

だからセリアンの背後には、白壁の貴族の館が見えるし、サロン参加者のために開かれているこの庭に、私達以外にも野良着かと思うような衣服を着た貴族の紳士淑女がいる。

皆スコップで土を掘り起こしたり、草取りをしたり、じょうろで水を撒《ま》いているのだ。

もうこの光景だけで、ちょっと変わったサロンだというのはわかるだろう。

それだけではなく、ここで活動していることについては秘密厳守を、お互いに徹底していた。

なぜこのサロンが秘密厳守なのかといえば……。

「そちらの芋も、だいぶん大きくなりましたねぇ」

「ええ。花の素朴さが可愛いと嘘《うそ》をつくのも限界で……。ここで思い切り栽培できて、楽しいですわ」

「お芋の花では、園芸品種だと言い張るのは難しいものね」

「そうなんですのよ。でも私、水やりと草取りだけ気をつければ、ある程度ちゃんと収穫ができる芋が楽しくて……。姑の趣味が薔薇《ばら》でしたでしょう？　薔薇の管理を任されたものの、本当に苦痛で」

「アブラムシとか、花がら摘《つ》みとか、毎日毎日面倒ですものね」

「ええ。使用人に、庭に植えてもいいと許可していたお芋が、収穫量とかを考えなければ育てるのが簡単すぎて。大好きになってしまったんですの」

私達の近くにいる貴婦人がそんな話をしている。

そう、薔薇のような『貴族が育てていてもおかしくはない』花以外を、自分の手で育てることは、貴族には難しい。

私のように、庭に玉ねぎを植えていたら「野菜を育てていると知られたら評判が落ちる！」と家族から青筋をたてられる貴婦人達は多いのだ。

女性だけではない、男性も妻達から嫌われかねない。

貴族が畑作業をしていると「土くさい」と蔑《さげす》まれがちだ。だから少し離れた所では、老紳士や中年の貴族男性が、笑いながらくるみや桑の木を見上げて話し合っていた。

「桑の実はもうすぐでしたな」

「くるみは秋まで待ちますからなぁ。しかし領地へ帰られるというブロンソン子爵から、譲ってもらえて本当によかった」

どちらも美しい花を観賞する木ではないので、さぞ家には植えにくいだろう。

けれどこの会では、何を育ててもお互いに内緒にすることになっているので、みんな好きに作物や果樹の育成を楽しめる。

ちなみにサロンの活動は、対外的には『静かに庭を眺めつつ、無言のままレンルード伯爵夫人の奏でるピアノの音色に耳を傾けている』ことになっている。

「実につまらなさそうで、誰も興味を持たない活動内容でしょう?」と自慢げに言ったのは、レンルード伯爵夫人だ。

このおかげで、うちの父は私が農作物を育てているとは知らない。

そしてこの会の秘密厳守が徹底されているのは、かなり身分の高い人が多いからだ。

先ほどの木を植えていた二人は、公爵閣下と辺境伯家のご隠居。以前は王族の方も参加していたらしい。なので秘密が漏れると社交界から排除されかねないのだ。

セリアンも、建国期から続くディオアール侯爵家の三男だ。彼の家は王族が嫁《とつ》いでくるほどの名家。むしろ田舎の子爵家令嬢である私が参加できたことが、不思議なくらいの会だ。

普通なら、セリアンが私と友達でいてくれたり、気安く受け答えしてくれるなんて、想像もできないことなのだ。

ちなみに私とセリアンが植えているのは、ニンジン。

去年から私は、セリアンと一緒に作物を育て始めている。

やってみたいものの、農作物の育て方を知らないセリアンに、私が教えつつも、その腕力で協力してもらっている。

我ながら、友達関係としては実にうまくいっていると思う。

サロンの外では気安くしないのだけど。妙な嫉妬や勘繰《かんぐ》りの目を向けられるのは困るものね。友情にヒビが入ってしまって、サロンで楽しく過ごせなくなるのは嫌だもの。

そんな友人だからこそ、私は結婚問題についても本心からの相談ができるのだ。

「そうなのよねぇ。でも私、おしゃべりが上手くもないし。趣味は地味な野菜育てだし。どうやって男性の気を引いたらいいのか……」

そもそも誰かに恋をしたことがない。付き合ったことも皆無《かいむ》。

なのに婚約者を探してこいなんて、無茶だ。

「ねぇ、困ったものよねぇ？」

畑から出てきたミミズを手の平の上にのせて話しかけた後、適当に穴を掘ってそこに埋めてやりながら、私はため息をつく。

「ああ……領地の館で隠居したい。もしくは、お水をあげたら芽を出すみたいに、ひょっこりと私のことを好きになってくれる人が現れないかしら」

面倒くさがりの私は、夢みたいなことをつぶやいてしまう。

するとセリアンが、その言葉に緑の瞳をいたずらっぽくきらめかせた。

「じゃあ僕と結婚してみるかい？」

「……え？」

私は目をまたたいた。

私がこんなにも驚くのは、彼は結婚できない、と思っていたからだ。

彼はちょっと特殊な人だ。

まず家が特殊。

王家に連なる家だというのもそうだけど、ディオアール侯爵家は、陰で『王家の守護者』と呼ばれている。元は現王朝成立時の権力闘争時に、政争相手を次々と暗殺していったことにその呼称は端を発する……らしい。

あくまで噂だけど。

彼の先祖が騎士から戦功《せんこう》をあげて子爵に。その後数年で王族を妻にもらった上で侯爵位も獲得するという、とんでもない立身出世を成し遂げた人だから、そんな話が出てきたんだろう。

私としては、やっかみから暗殺だのという噂が立てられたのでは、と思っている。

なんにせよ、彼の一族が代々王家に信頼されていることは事実だ。

以後もセリアンの家の当主は戦《いくさ》に強く、数々の他国との戦や内乱でも、国王の代理として軍を率いては勝利を手にしてきた。

今日にいたるまで、王族からディオアール侯爵家に嫁ぐお姫様も多く、今や押しも押されもせぬ名家となっている。

そんなディオアール侯爵家に生まれたセリアンは、三男ということもあり、家の慣例に従って聖職者になっていた。

長男は家を継ぎ、次男は万が一のスペアとして騎士や文官として城で仕え、もう一人子供がいたら教会との繋がりを強化するために聖職者に……というのが、ディオアール侯爵家の慣例なんだとか。

セリアンは二十一歳という若さだけど、司祭位を持っている。ま、そこは家の地位が関連しているのだろう。

教会でも、現世の寄付や権力と全く無縁ではいられない。衣食住が必要な人間である以上、多額の喜捨《きしゃ》に左右されてしまうのは必然だ。

そんなわけで、聖職者であるはずのセリアンが、友人に同情したからといって結婚できるわけがないのだけど……。

何度見直しても、セリアンは穏やかそうな微笑《ほほえ》みを浮かべるばかり。

からかっている様子もない。

「セリアン、結婚できるの？　枢機卿になるんじゃ……？」

尋ねると、彼からは明快な答えが返ってきた。

「還俗《げんぞく》したんだ。……というか先日、還俗したばかりで」

「それはまた急なことで」

「すぐ上の二番目の兄が領地に引きこもってしまって」

「え、引きこもり⁉」

家格が違いすぎて交流がないので、遠目でしか見たことがなかったけれど、セリアンのすぐ上のお兄さんって、けっこう体格のいい、殺しても死ななそうな騎士だったような？

にわかには信じられない話に、私は思わず目を見開いてしまう。

セリアンも「僕も驚いたんだ」と憂《うれ》い顔を見せた。

「二番目の兄は『俺は家を切り回すことには向いてない。剣と腕力が必要なことがあればいくらでも請け負うが、他は無理だ。長兄に何かあったらセリアンに継がせろ』と言って……。遅い反抗期かなって思っているんだけど」

二十歳すぎの年齢で、反抗期っていうのかしら？

「でも一番上のお兄さんはご健在なのでしょう？」

次男は爵位を継ぐスペアの役目があるとはいえ、長兄がいるのに「セリアンに継がせろ」なんて言い方をするのも変な話だ。

尋ねると、セリアンが苦笑いする。

「先日毒で倒れてしまって」

「え」

いったいどうして毒……。怖くて突っ込めない。と思ったら、セリアンが教えてくれた。

「間違えて、庭に生えていたのを食べてしまったみたいなんだ」

「うっかりすぎない？」

「弟の僕でもそう思う」

飼っていたヤギが、うっかり森で毒草を食べましたという調子で言われて、私はそれ以上どう言っていいのかわからなくなる。

なんにせよ、悲劇的な話とか、陰謀的な話ではなくてよかった。

近くでアネモネの花を育てている紳士が、私以上に胸をなでおろしていた。話が聞こえてしまったようだ。

その紳士はじょうろに水を汲むためか、その場を離れていく。

「とにかく一番目の兄は元から頑丈じゃないから、倒れて以来、気弱になって……自分が後を継ぐのは不安だと言い始めたんだ。結婚も難航しているしね」

「あー……」

なまじ家格が高いせいで、結婚相手が見つからない話は聞いていた。王族とばかり婚姻を結んでいるだけに、ディオアール家の跡継ぎとしては、おいそれとそこらの令嬢と結婚するわけにもいかないのだろう。

それでも多少のことに目をつぶっておけば、結婚できないわけではないと思うのだけど。

「まぁ色々あって……。国王陛下にご信頼いただいている分、他国とつながりの濃い家と姻戚《いんせき》になると問題が起きた時に困るし……で、選定が難しくて。いつもは、遠縁の女性か、王族から嫁いできてもらうんだけど。一番上の兄と年回りの合う人がいないんだ」

セリアンの一番上のお兄さんといえば、セリアンのように秀麗で、病弱だからなのかやや影のある人だったはず。

嫁にしてほしいという女性が、パーティーでも群がっていたように思うのだけど、その中からサクッと選ぶわけにはいかないのか。難儀なことだ。

一番年が近いのはアレクシア王女だけど、あの方は他国へ嫁ぐ予定だものね……。まだ数カ国の中から嫁ぐ国を選んでいる最中らしいけれど。

公爵家のご令嬢達もすでに大きな子供がいる方々か、彼よりも十は年下のお嬢様ばかりだ。

「だから万が一のために、弟に後のことをすぐに頼めるようにしておこうと思ったらしいんだけど、二番目の兄さんが尻込みしてしまって。だから三男の僕に話が回ってきたんだ」

セリアンはそこでため息をついて「それで、問題があって……」と続ける。

「家に戻るのなら、いずれは結婚という話になると思うんだ。でもね、一番上の兄ですら結婚相手探しが難航しているのに、僕の相手を探すのはもっと難しいんじゃないかと。それで、もしリヴィアにその気があるのなら、僕としても渡りに船だと思って」

理由はわかったけれど……。

「あの、私でいいの？　王族でもなんでもない、数代前まで騎士爵の家だったんだけど」

「問題ないよ。正式に後継ぎになる前なら大丈夫。三男が王族以外のご令嬢と婚約しても、よくある話で済むからね。それに兄が『やっぱりがんばるよ』と言いだして、後を継ぐ必要がなくなる可能性だってあるんだし。それに……」

そこでセリアンが私に少し顔を近づけて言った。

「君の家なら、他の貴族家と何か変なしがらみはないのはわかっているから」

「なるほど」

突然の申し出の理由を、私は納得した。うちは他国との関係は全くない。

「でも私の評判がすごく低くなっているんだけど……ご両親は気になさらないの？」

「しっかりした家の人間は、君が変な人物に執着されたというのはわかっているはずだよ。それに君がとんでもないことをしでかしたわけでもないし」

だからね、とセリアンは微笑んだ。

「僕としては、館の庭でニンジンを育てても、カボチャを量産してもかまわないんだけど。どうする？」

「…………」

私は考え込んでしまう。

頭の中にも「渡りに船」という言葉が浮かんでいた。

まずお父様は反対すまい。セリアンとの結婚なら、願ってもない良縁だ。絶対ものにしろと言い出す。

でも自分とセリアンが結婚するには、家に格差がありすぎる。そこが不安だ。

セリアンのご両親が、息子の結婚相手として私を受け入れてくれたとしても、親族が「ろくな土地もない子爵家の娘なんて、遺産狙いじゃないの？」と背後でささやくかもしれない。

親族が私の悪評を広めようものなら、つながりがある貴族は皆、私を避けるようになる。

ひいてはセリアンの評判にも関わるだろう。

また私が孤立した状態では、貴族に必要な社交なんてできない。友人達だって、心配してくれてもセリアンの家の親族に睨まれたくなくて助けようがない。となれば、私は貴族夫人として役に立たないということで……。

セリアンが私を迷惑に思い、私は病む未来が見えて仕方ない。

それがわかっていて飛び込むのなら、「私、あなたがいないと生きていけないの！」というポエムが心に浮かぶくらいの情熱が必要ではないだろうか。

もしくはセリアンから情熱的なポエムが私に聞こえるぐらいに、彼が私を好きでたまらないとか……。

（そんなこと、一度もなかったから、セリアンは同情と、ちょうどいいからってことで私に結婚を申し込んでくれたんでしょうね）

冷静に考えてしまうと、ためらいが上回ってしまった。

「……ちょっと考えさせてほしいのだけど」

結局、そう言ってしまっていた。

それを聞いたセリアンはあまり残念そうな顔も見せず、むしろ提案してきた。

「考えている間、少し僕と婚約者の真似事《まねごと》をしてみないかい？」

「真似事？」

「そう、例えば二人で出かけるとかね。気分転換のつもりでどうかな？」

セリアンは微笑んでそう言った。

二章　婚約者の真似事とは

気分転換はしたいところだった。

そもそもサロンへ来たのだって、作物の世話をするためで、それが気分転換になると思ったから。でも作物の世話だけでは気分がすっきりしなかった。それにセリアンの提案にうなずけないことが申し訳ないな……というのもあって、私は行くことにした。

待ち合わせは王都内のある公園。

そこは数代前まで王の離宮があった場所。老朽化したことで建て直す計画があったらしいが、火事の際に周囲に飛び火しない空間を作って防火対策をする案が持ち上がり、それならここを公園に変えよう、ということになったのだと聞いた。

元が離宮だったので、敷地は結構広い。うちの館が十個以上は入るんじゃないかしら。

池と小川を中心に、様々な木や花が植えられている。散策路も整備されていて、時々王国で雇われた者が清掃をしていくのだ。

庶民も貴族も好きに入れる場所だけれど、安息日ではない昼時なのに、ちょっと人が多いような……。

「今日は人出が多いようですね」

付き添い役の召使いイロナが、そうささやく。

もう四十代を越える年齢の彼女は、長年私の面倒をみてくれている人だ。そんなイロナには、人と会うにあたって、あまりにぎやかではない場所を選んだのだ、という話をしていた。なので当てが外れた私のことを、心配してくれたのだろう。

「そうね……町中に行くよりはマシかしら？」

最近、この公園の人気は下火だと聞いていたので、セリアンにここを提案したのだけど。場所を変えた方がいいかな……と思ったその時、人の多い原因を見つけた。

笑いさざめきながら歩く集団が、公園の道を進んでくる。

「うわ……」

その先頭にいるのは、今をときめくグレヴァーノ侯爵家の子息だ。確か最近、姉が海を渡った国の王子に嫁いだそうで。おかげでとても羽振りがいいのだとか。

王太子殿下にも珍しいものを献上し、側近同然になっていると聞いた。

そんな侯爵子息が交流会を催していたようだ。

（そのうち、こういう会にも参加しなくてはダメかも……）

婚約者を探すためには、どこかにいるかもしれない、私を好みだと思ってくれる男性を探すしかないもの。

とはいっても、招待状をもらえるかどうかわからないが。

（変な評判のせいなのか、招待状もめっきり減ってしまったものね）

ため息をつきつつ、私はその集団から遠ざかろうとした。

その時だ。

目の前をヒュンッと何かが回転しながら横切り、近くに落ちた。

見れば帽子だ。

内側にレースをこれでもかとつけ、外側には大きな花飾りがある高価そうな帽子。

私は誰が投げたのだろうと思いながら、美しい帽子が地面に落ちているのが不憫《ふびん》になって、早く持ち主の元へ届けてあげようと思い、掴んだのだけど。

「ひどい！」

突然非難されて、私は驚いた。

と同時に、（あ、しまった）と思う。

何度も巻き込まれていたのだから、それが誰の声なのかいいかげんに覚えていた。

振り返ると、案の定そこには薄黄色のふわふわとしたドレスを着たシャーロットが立っていたのだ。

彼女は細い肩を両手で抱きしめるようにして、私を見つめて泣きそうな表情をしている。

しかし涙など目には浮かんでいない。

（これでも十分に、男性は騙《だま》されるんだろうな……）

そう思った通り、近くまできていたグレヴァーノ侯爵家の一行が近寄ってきた。

「シャーロットじゃないか。何があったんだ？　もう大丈夫だよ」

「誰かにいじめられたのかい？　僕に話してごらん？」

口々に言いながら、シャーロットを取り囲み、慰める。

そのうちの一人が、シャーロットの帽子を持った私を見て、にらむように目を細めた。

「あちらは、噂の令嬢じゃないですか」

……いったいどんな噂なんだか。

聞く気にもなれない。きっとここ最近、パーティーに出る度に言われていることと同じ噂だろう。

――婚約者を奪われた娘が、美しいシャーロット嬢に嫉妬している。

事情を見聞きしていない、そしてシャーロットと関わったことのない噂好きの女性達まで、そんな噂話をしていたのだ。

まったく迷惑な話だ。早く彼らから離れたい。

イロナは召使いという立場ではこの状況に口をはさむわけにはいかず、困っているのがわかるので、なおさらだ。

さらにもう一つ、離れたい理由がある。それは聞こえてくるポエムだ。

『ああ、雨に打たれた薔薇のような貴女《あなた》。その肩を抱きしめて慰めるのは、私でありたい……』

『震える唇《くちびる》すらも美しい。見つめているだけで、私の心も震える……』

聞いていて、むずむずする……ちょっと耐えがたい。

他人の心の中を、しかも誰にも知られないよう、鍵付きの箱にしまう日記に書くような類《たぐい》の言葉が満載すぎて、こっちがいたたまれない。

「この帽子……」

お返ししますわと言うつもりで差し出したところで、皆まで言わせまいという勢いで、シャーロットが叫んだ。

「ぼ、帽子をお返しくださいませ、リヴィア様！」

「帽子を取られてしまったのかい？　シャーロット」

「なんて心ないことをする女性だろう」

シャーロットの言葉を信じ切った男性達が、私を非難しはじめた。

幸いなのは、一緒にいた女性達の何割かが、シャーロットや彼女を気遣う男性に白けた目を向けていたことかもしれない。

そこに勇気を得て、私は一斉に非難する男性達に向かって堂々と声を張り上げた。

「落ちていたのでお返ししますわ。目の前に急に投げ込まれて驚きました。あなたの物だったのですね？」

広い畑の向こうまで届くと言われた私の声だ。聞こえないわけがないだろう。

あまりの声量に驚いたのか、男性達もシャーロットも目を丸くして静止してしまった。

よし。

「ちゃんと私の言いたいことは理解していただけましたか？　はい、もう投げたりなさらないでくださいね？」

多少嫌味っぽくなってしまったのは、容赦《ようしゃ》してもらいたい。こんなふうに敵も同然の人々に囲まれて責められている中で、おっとりと微笑んでいられるほど人間ができていないのだ。

そしてなんとか、私の主張を彼らに覚えていてもらわなければ。

(無実だと叫んだことを記憶してもらわないと、後で絶対に私が一方的に悪いことにされてしまうもの)

「そ……そんなこと信じられない。きっと、嫉妬したんだろう君は」

そう、弱々しいながらも声を上げたのは……あら、先日お見合いの話が流れた某《ぼう》男爵子息ではございませんか。

しかも彼は、とんでもない冤罪《えんざい》を私になすりつけてきた。

「婚約の話が持ち上がったけど、断ってよかったよ。お断りした後まで、何度も取りすがって婚約してくれと言われるし、ちょっと迷惑な人だとは思っていたんだ。彼女ならやりかねない」

「はぁ⁉」

私は思わず声を上げていた。

「あなたにお会いしたのはこれが一週間ぶりですけれど⁉」

「何を言うんだ。三日前にもみっともなく家まで押しかけてきたというのに……」

この男爵子息は、いったいどこの世界に生きているのだろうか……。私はめまいがする。

彼との婚約の話が持ち上がったのは確かだったけど、パーティーでシャーロットに迷惑をかけられた時に破談になって、その後は顔も見ていないのに。

しかも周囲の人々が、迷惑をかけられたと主張する彼に同情し、私にますます冷たい視線を向けてくる。

先ほどシャーロットのことを呆れたように見ていた女性達までだ。

わけがわからないながらに、この場をどうにかしなくてはと思っていたら……。

「あら、三日前でしたら、リヴィアと私は一緒に郊外の丘へ出かけていたのですが？」

振り向くと、そこにいたのはブルネットの髪を巻いて結い上げ、小さめの唇の端をきゅっと上げて微笑む、灰色の瞳の女性。

友人のフィアンナだ。

隣には、彼女よりも気弱そうだけれど、ひだまりみたいに優しい雰囲気の青年がいる。彼はフィアンナの婚約者だ。

「ねぇ、ヘルマン」

促されて、フィアンナの婚約者もうなずく。

「もちろんそうだよ。だから君の家へ押しかけたというのは、別の人ではないのかな？」

二人に言われて、男爵子息の視線がさまよいはじめる。

「そんな……たしかに、執事に来客があると言われて……」

「直接お会いになったの？」

「その時は、追い払えと指示したから……」

フィアンナがため息をつく。

その頃には、私に不審者を見るような目を向けていた女性達も、困惑した表情で男爵子息に注目していた。

「ご覧になっていないのね？　では冤罪だわ。行きましょうリヴィア」

「ええそうね。あとこちらを、代わりに彼女に渡してくださいませ」

私は近くにいた男性にシャーロットの帽子を押しつけ、フィアンナや彼女の婚約者と一緒にその場を離れた。

「ありがとうフィアンナ」

しばらく歩いて、彼らの姿が見えなくなったころ、足を止めて私は礼を言った。

「たまたま行き合ってよかったわリヴィア。私のお友達が、わけのわからない汚名を着せられて、悪役扱いされるだなんて、とんでもないことよ」

「そう思ってくれて嬉しいわフィアンナ」

正義感の強い彼女のおかげで、あの場を救ってもらえたのだ。後で何か礼をしなくてはなるまい。

「それはそうとフィアンナ。婚約者様とお出かけしているの？　私のせいで邪魔をしてしまったようでごめんなさいね」

にこやかにそう尋ねれば、フィアンナは恥ずかしそうにはにかんだ。

彼女は私とほぼ同じくらいの時期に婚約した。そしてフィアンナと婚約者は思いを通わせるに至り、きちんと恋人同士になったのだ。

今も、ヘルマン様のポエムが聞こえてくる。

『ああ可愛いフィアンナ。そして友を救う勇敢な僕の白薔薇。その気高さと強さがますます僕を引きつける……』


そのせいか、フィアンナは最近ますます綺麗になった。周囲の人はそれが恋をしているせいだと言うけれど……私にはよくわからない。

(恋愛をしたことがないのよね、私)

そもそも、モテたことがない。

領地で農作業に参加しても、人手として喜ばれていただけだし。相手は私が貴族令嬢であるから、そういう対象としては見ていなかった。

婚約をしてみたら、少しは恋愛感情というものが芽生えるのかと思ったけど……。

(冷めた関係だったものね)

会話といえば、社交辞令の範囲を出なかったし。特に優しくされるわけではなく、なんというか、取引相手と仕事の関係で、人生の終了まで一緒に暮らすことになった……ぐらいの感じだった。

しかも少しは心を開かなくては……私から歩み寄るべき？　と思っていたら、あんな事件があったわけで。

正直、婚約者を奪われた形になった私は、自分は恋されにくい人間なのでは……と完全に自信を失っていた。

恋愛結婚は無理だろうと、そう思っている。

だからこそ、逆にセリアンの申し出に納得できた部分もあるのだ。

（セリアンも、彼の言い方からすると、利害の一致による婚約の申し出みたいだし……）

誰からも気持ちを向けられない私としては、誰かと恋人同士になれる姿を思い描けない。

それならもう、身の丈に合った家格で、庭で何を育てようと干渉されない相手を探した方が、家のためにもいいと思うのだ。

「お久しぶりです、リヴィア嬢」

フィアンナの婚約者、ヘルマン様も挨拶をしてくれる。

「こちらこそ、ご健勝そうでなによりですわ、ヘルマン様」

「それにしても、シャーロット・オーリックは本当に何を考えているのかしら。私、彼女が帽子を自分で投げたのを見ていたわ。なのに拾ったリヴィアに礼を言うでもなく、盗人《ぬすびと》扱いするなんて……。他はどうなの？」

私とヘルマン様が挨拶するのを待って、フィアンナが聞いてくる。しかも心配そうな表情だ。

「他は、ってどれのこと？」

「今日のこと以外にも、意地悪されていない？　あの人、どうもあなたの出席するパーティーにわざわざ出てきているみたいだし」

「そういえば……」

いつも婚約相手を見繕《みつくろ》うので必死になっていて、よく考えたことがなかったけれど、たしかにシャーロットとは、ほとんどのパーティーで顔を合わせてしまっている。

「あるパーティーを主催した方がね、彼女はパーティーにリヴィアが参加するかどうかを問い合わせてから出席の返事を寄越した、って言っていたわ」

「え、こわっ……」

フィアンナの情報に私は身震いした。なにそれストーカーなの？

今日はさすがに偶然だと思うけれど、もし私の動向を探った末のことだったら……。やだ、鳥肌も立ってきたわ。

「私、そこまで恨まれることをした覚えがないのだけど……私が恨むならまだしも」

破談になって不名誉をこうむったのは私の方だ。

「何が原因かさっぱり私にもわからないわ。ねぇヘルマン」

「私も全く想像がつかないよ。でも、不思議とリヴィア嬢が悪者で、シャーロット嬢がかわいそうだという意見を持つ人間も妙に多いんだ」

「え、どうしてそうなるの？」

ヘルマン様の意見に、フィアンナが声を上げる。私もわけがわからない。ヘルマン様も同じだったけれど、理由は聞いたことがあったらしい。

「それが、問題が起きる以前に彼女はリヴィア嬢から嫌がらせを受けていたらしい……と」

「話をしたこともないのに……」

「私もフィアンナからそう聞いていたんだ。けれどシャーロット嬢に味方する人間は、妙に彼女のことを信じているみたいで」

「色仕掛けでもされたのかしら？」

フィアンナが首をかしげる。

私としても、シャーロットの機嫌をとりたくて信じているふりをしている、という方がまだ理解できるなと思った。

「まさかとは思うけど、祝福を持っている……というのなら、わかる気がするけれど」

「ああ、それなら納得できるわ」

フィアンナのもしも話に、私はうなずく。それくらい、シャーロットは人を引きつけすぎているように感じるから。

「でもそんな噂は聞かないよ？」

「そうよね」

ヘルマン様にフィアンナは同意し、つぶやくように言う。

「祝福か……。おとぎ話で、過去に戻れる祝福の話を読んだ時には、うらやましいなと思ったものだけれど」

「過去に戻って何をするんだい？」

「もっと早く、あなたと会うのよ」

フィアンナの言葉に、ヘルマン様が意表を突かれたように目を丸くし、照れ笑いをした。

それだけでもう、私はお腹がいっぱいになった気がした。

さて、二人の邪魔をし続けても悪いので、退散しようと思っていたら。

フィアンナが「あら、なんだかどこかで見たような方が……」とつぶやく。

「え?」

「あそこ。ヘルマンはわかる?」

そうしてフィアンナが指さした方向には、池の近くを歩いてくるセリアンの姿があった。

彼の姿はまだここからは遠い。そしてフィアンナ達と一緒にいる場所が、少し木陰になっているせいか、フィアンナが私とセリアンの間に立つ形になっているせいか、私にはまだ気づいていないようだ。

ヘルマン様の方は彼のことを知っていたようだ。

「ああ、ディオアール侯爵家のセリアン殿だね。ということは、噂は本当だったのか……」

「噂って?」

フィアンナが尋ねると、彼は声をひそめるようにして教えてくれた。

「彼は今までは司祭職にいたはずなんだけど、急に家に戻ったという噂を、つい昨日聞いたんだ。そのことを教えてくれた相手の家族が聖職者だから、かなり信憑性《しんぴょう》はあると思っていたんだが……本当かもしれない」

ヘルマン様は、誰かを探すようにゆったりと歩くセリアンのことを、じっと見つめた。

セリアンは聖職者の正装はしていない。昼日中から貴公子らしい格好で歩いているから、ヘルマン様はそう判断したんだろう。

「あのご容姿の良さ……お家に戻られたと広まったら、きっとどこのご令嬢方も放ってはおかないでしょうね。それにディオアール侯爵家の方ですもの。婿入りしていただけたら、侯爵家との繋がりができるわ。貴族に戻ったことを知った早耳のお家のご令嬢方は、目の色を変えて突撃していきそう」

「そうだね。噂を私に教えてくれた人物も、姉のドレスを新調させていると言っていたよ。セリアン殿が出席するパーティーを調べて参加して、見初《みそ》めてもらおうと考えているらしい。しかもわざわざ呼び戻したのなら、病床に伏せることも多いご長男の代わりになるのかも……という推測もできる。それに気づく家もあるだろうから、話が広まり次第、降るように結婚の打診がディオアール侯爵家に届くのではないかな」

「ああ……」

私はうめく。自分でもそうなるだろうなと思っていました。

間もなくセリアンを取り合って、ご令嬢方が水面下で大騒ぎするのは目に見えていた。

そんな中でセリアンと合流するわけにはいかない……！

後で絶対に噂されてしまう。

「確か子爵家のリヴィアがセリアン様と一緒にいたわ」

「まぁなんですって！　身の程知らずの地味女が！」

なんて言われて、意地悪をされそうだ。シャーロットのことだけでも困っているのに、本気で婚約者探しを諦めなければならなくなる。

父に謝って、本格的にマリエラお姉様に家督を継いでもらうしかない。が、お父様はさぞ落胆するだろう。

慌てた私は、とにかくフィアンナ達から離れることにした。

なにせフィアンナ達の前で、当のセリアンに「待っていたわセリアン。さぁ散策しましょうか」なんて言う勇気はないもの。

「あ、あの。用事の時間が迫っているんだったわ。ごめんなさい。ね？　イロナ」

付き添いをしてくれていたイロナを振り返り、私は必死に目で訴えた。

お願いイロナ！　うんと言って！

長年私を見守ってくれているイロナは、期待通りの反応をしてくれた。

「さようでございますね、リヴィアお嬢様」

「今日は時間がなくなってしまったから、また会ってお話ししましょう、フィアンナ」

「ええもちろんよリヴィア」

おかげで不自然ではなく、フィアンナの元を去ることができた。


「お嬢様……お待ち合わせは、ディオアール侯爵家のセリアン様とうかがっていましたが？」

イロナには困惑した表情をされてしまった。

「ええ。でもあんな話を聞いたら、これから会うなんて言えないわ。フィアンナに色々と聞かれるだろうし、どう誤魔化《ごまか》していいかわからないし」

「お友達にも、お話しされていなかったのですか」

「サロンでの出来事は他言禁止だもの……。それにセリアンは聖職者だったから、あまり話を広めるべきではないと思って、友達だってことはフィアンナにも言ってないのよ」

そもそも、こんな形でサロン以外で関わり合いになる相手だとは、思ってもみなかったのだ。

(まぁいいわ。さっきのフィアンナの話だと、私の予想通りに貴族令嬢がセリアンに突撃していくから、私よりも綺麗で家格に見合った女性を選ぶでしょう。婚約しない未来しか見えないのだから、隠したままでいいわよね)

うん、と心の中でつぶやき、私はイロナと一緒に公園を遠回りしていく。

フィアンナと離れてから、ぐるっと遠回りしてセリアンに接近するのだ。

そうしてフィアンナの視界から外れた場所で、セリアンと合流しようとしていたが。

「今日はずいぶんと、散策路を貴族の方が歩いているわね……」

セリアンに近づこうにも、あっちには杖を持った紳士が。そっちにはご友人と語らいながら歩く貴婦人達がいる。やりすごしたら、今度は貴族の幼い少年達が走っていき、それを追いかけて、貴婦人らしき人とその召使いがセリアンの横を通り過ぎるのだ。

近づけない……。

しかしいつまでも姿を現さないわけにはいかない。延々とセリアンに私を探させるだなんて、申し訳なさすぎる。

「お嬢様。あたしがお呼びしてきましょうか?」

合流しにくそうな私を心配して、イロナがそう声をかけてくれるが、首を横に振る。周囲の人はイロナがセリアンに声をかけたら、イロナが従っている主人は誰だろうと、興味を持ってしまうだろう。

できればセリアンが自分から、こちらに向かってくるようにしたい。

ので、古典的な手法を使った。

私はイロナを連れて、セリアンに先回りする場所へ向かった。

「イロナ、一緒にそこの繁みに隠れましょう」

「……お嬢様まさか」

小さい頃から私を見てきたイロナは、やろうとしていることを察してくれた。呆れたような表情をしている。

「もう、これしかないのよ。ていっ」

道端の繁みの奥にしゃがみ込んだ私は、セリアンが近づいてきたところで、道へ向かって近くに落ちていた松ぼっくりを転がす。

ふっとセリアンが見た気がしたのに、彼はそのまま進む。立ち止まって周囲を見てくれないので、茂みから顔を出すわけにはいかなかった。

むしろセリアンの真向かいからやってきた、派手なドレスの女性を二人連れている中年の男性が、不思議そうに私がいる方向を見た。慌てて頭を低くして繁みに隠れる。

でもこうして隠れていたら、セリアンが通り過ぎてしまう。

「どうしよう」

猫の鳴き真似でもしてみる？　でも中年男性の方が探しに来たら、変なことをしている私を発見されてしまう。

悩んだ末に、私は足元に落ちていた木の実を投げてみた。

――セリアンの靴先に当たるように。

もうこれしかない。セリアンもこれで気づくわよね⁉

ちょうど中年の男性はセリアンとすれ違ったところだ。あちらにも気づかれないはず！　うなれ、田舎で鍛えた私の腕！

「ていっ！」

がんばって投げた木の実は、手元が狂って一直線にセリアンに向かい――はしっとセリアンがこちらを振り向いて、手で掴んで受け止めた。

さすがセリアン。

後ろでイロナが盛大にため息をついた。

「お嬢様……なんてことを……」

「え、だって。こうでもしないと、私だと知られずにセリアンを呼び出すことなんてできないでしょう」

私はイロナを振り返り、小声で反論した。

「それにしたって、どうかと思いますよ。れっきとした貴族のお嬢様ですのに」

「いいのよ。そんなことを気にする相手ではないもの」

イロナにそう言い、さてセリアンはどうしただろうと思って、振り向こうとした時だった。

「こんなところにいたんだ、リヴィア」

「うわっ！」

頭上から声が振ってきた。

驚いて見上げると、さきほどの木の実を指先で摘んだセリアンが、微笑んで立っていた。

「え、ええと。ごきげんようセリアン」

何と言っていいのかわからなくて、とりあえず挨拶をしてみる。

すると、私が奇怪なことをした理由を聞かれた。

「ところでなんでまた、普通に声をかけなかったんだい、リヴィア？」

「うちのお嬢様が申し訳ございません」

イロナがとても気まずそうな表情をして謝った。巻き込んでごめんなさい……。私も頭を下げておく。

「気にしていませんよ。そもそもリヴィアはこういう人だとわかっていますから」

「なんてお優しい……」

イロナは快《こころよ》く許したセリアンに、ほっとした様子だ。

「で？」

私の方を向いたセリアンに、しどろもどろに答える。

「その。まだ婚約していないから、一緒に歩いていたら色々言われそうで……。特に今日は、なんだかこの公園に人が多いから」

「僕と一緒にいるのを見られるのは、困る？」

シャーロット達に見られるのは怖いけど、でもセリアンが言っているのは、そういう意味ではないでしょう。だから否定した。

「そういうわけじゃないの！　私がちょっと……覚悟ができてないだけで」

たとえ他に問題がなかったとしても、彼との婚約は尻込みしてしまうのだ。

「とりあえず移動しようか。ここにはちょっと珍しいものがあるからと、君が言っていた場所へ行こう」

しどろもどろな私の言葉に、セリアンは話題を変えてくれる。本当に優しい人なんだよ……。私がこんなで申し訳ない。

ほっとしてうなずき、セリアンの差し出す手を借りて立ち上がった。

そうして向かったのは、公園のわりと端の方だ。

「ほらここ」

「ああ、なるほどね。君が来たがるわけだ」

目的地に到着して指をさすと、セリアンはうなずいた。

そこは離宮があった時代から、温室と庭があった場所だ。

本来ならそういうところは、美しい花も多くて人々にも人気の場所になるんだろうけれど、ここに関しては違う。

「元々、離宮の主だった王妃が、外国の人だったらしくて。元の国では普通にある植物をわざわざ植えていたみたいなの。で、綺麗な花じゃなくて、故郷らしい風景になる雑草とか作物なんかがあると聞いたのよ」

それで「この公園がいい」と、行先の希望をセリアンに出したのだ。

「あ、これが南の国の芋なのね」

うちの国以外でも主流のジャガイモとは違って、細長い形をしているはずだ。掘ってみることはできないけれど。葉っぱがサツマイモに似ているかもしれない。近い品種なんだろう。

紙を丸めたような薄黄色の花が咲いていて、これもなかなか綺麗だと思う。

セリアンは別の植物に注目していた。

近くに寄って見れば、濃いピンク色のベル型の花をいくつも鈴なりに咲かせている丈の高い花だ。

「派手というか、すごく目立つ色の花ね」

「うん、毒草だよ。地下茎に毒がある」

「あ、あははは……」

セリアンの答えに苦笑いする。

相変わらず毒草には詳しい。薬に応用できるからだ、とセリアンは言っていたけれど。

それでも私は目的地を堪能《たんのう》できたので、とても気分が上向いた。やっぱり作物だわ……。咲いている地味な花もまた、見ていて楽しい。薔薇も嫌いではないけれど。

「楽しかったかい？」

「ええ、付き合ってくれてありがとう」

礼を言うと、セリアンはにこっと微笑む。

「そうしたら、次は僕に付き合ってくれるかい？　すぐそこなんだけど」

「すぐそこなの？」

セリアンも行きたい場所があると言っていた。

自分も行く場所を指定したので、ついていくつもりではあるし、先ほどの私の奇行《きこう》を見ていたセリアンが、貴族が沢山集まるような場所には連れていかないとは思うけれど……どこへ行くつもりなのか。

（この近辺には、ニンジン畑なんてないし）

首をかしげながらも、イロナと一緒にセリアンについていく。


セリアンは一度、公園の外に出た。

なにせ広い公園なので、セリアンは待機させていたらしい自分の馬車に私とイロナを乗せ、外縁をぐるりと移動した。

そうして公園からほとんど離れず……というか、公園に隣接する教会の養育院へ馬車が到着した。

「養育院？」

教会が、親を失った子供を保護している場所だ。紛争や飢饉《ききん》などの度に、王都の中であっても親を失う子供は多い。困窮《こんきゅう》したり、育児放棄で親に捨てられた場合もある。

マディラ神教は神の慈悲を体現するため、そういった子供達を保護する。貴族は喜捨の一環として、養育院に寄付をしたり物品を提供することもあるのだ。

「そう、君がとても大好きなものがあるんだ。うちの家が援助して作らせているんだけど」

「作らせてる？」

養育院で、何か製造をするような仕事ができるようにしているのだろうか？

首をかしげつつ、セリアンの手を借りて馬車から降りる。

「お待ちしておりましたセリアン様」

ちょうどその時養育院から出てきたのは、黒ひげを生やした体格のいい修道士だった。開拓地の農作業の人手にいたら、さぞかし心強いタイプだ。

修道士は、私とセリアンを横に長い養育院の建物の裏手へと案内した。

すると離宮の公園を囲うような木々を背景に、意外と広い空間に出た。しかもその四分の三は、子供達が端から端まで全力で走っても四十秒はかかりそうな幅の畑になっている。

「養育院の畑……にしては広い」

日々の糧《かて》の足しのために、庭を畑にしている養育院は多い。常に食料を沢山必要としているからだ。戦争など最近はめっきり起こらなくなったのに、孤児の数というのはなかなか減らないので。

にしても、これだけ広い畑を持った養育院は珍しいだろう。

「王家に頼ってね、公園の一部を養育院の敷地に組み入れて、畑を広げたんだ。大きくなってから、農家の働き手になる子も多いからいい練習になるし。でもこれのおかげで、農業以外の養子先が沢山見つかっているそうなんだ。元気に働いている姿を見て、その気になる里親が多いらしいよ」

「そうね。養育院ってたいていは暗くて静かで……って感じだもの。元気に動き回っている様子を見た方が、その後の生活を想像しやすそうだなって思うわ」

そうして沢山の子供達が、新しい親を見つけることができたのなら喜ばしい。

セリアンとそんな話をしつつ畑を眺めていたら……気になってしまった。

「あれ、畝《うね》が低いかも」

子供が「トマトの種を持ってきたぞ！」と言いながら駆け寄っていった場所。そこの畝が低い。

私は主にニンジンなどの根菜類が好きな人間だから、あまりトマトは育てていないのだけど。領地の農民達が「トマトは水はけがいい畑を好むから畝は高くね」と話していたのを覚えている。

「もっと高い方がいいのかい？」

「ええ。もしかすると子供の力では足りなくて、耕し方が浅いかも。鍬《くわ》でもうちょっと深く耕してあげたいのだけど……」

ちらりと見れば、イロナが厳しい表情をしていた。

その顔には（ドレスを汚したり、たくし上げたりするのは許しません）と書いてあった。

「それなら僕が代わりにやろう」

セリアンは上着を脱ぐ。慌てて受け取った私が止める間もなく、子供達の畑に近寄っていってしまった。

そうして子供達から鍬を借りると、あっという間にその周辺を掘り起こし、私が「よし」と思える畝を作ってくれた。さすがセリアン。

水で手を洗ってから戻ってきた彼に、私は心から感謝する。

「ありがとうセリアン。素晴らしい畝だわ」

思わずセリアンの手を握ると、彼もぎゅっと握り返してくれた。

「君が今まで色々と教えてくれたからできたんだよ」

セリアンはそう言って笑ってくれる。

私は「いい人だな」としみじみ思いつつ、セリアンを見つめてしまう。

こんなふうに畑のことで話が弾む人もめったにいない。あのサロンに参加していなかったら、セリアンと友人になることもなく、婚約のことで四苦八苦すると同時に、畑の話もできずうっぷんがたまるばかりだっただろう。

そこへ、さっきの修道士がやってきた。

「セリアン様、例の商人が参りましたよ」

「ああ、ありがとうございます。軒先をお借りしてしまって……」

「いつもよくしてくださるお礼になれば幸いですよ。正面玄関の前におりますので」

伝えた修道士は、子供達の作業に加わっていく。

「じゃあリヴィア、養育院の正面に戻ろう」

セリアンがそう言うので、素直についていった私は驚く。

そこには幌《ほろ》馬車が止まっていて、焦げ茶色の汚れが目立たない上着の商人が、荷台から箱をいくつも降ろしていた。

商人はセリアンに気づくと、笑顔で一礼する。

「これはディオアール侯爵家の若様。ご依頼の品をお持ちしておりますよ」

箱には、小袋に包まれたものが分類されて収められていた。私は小袋の札に書かれた文字を見て驚く。

「えっ、これはエランドチコリの種？　あ、青色ニンジンの種まであるわ！」

どれもこれも珍しい種だ。しかも、私が植えてみたいなと言っていた種ばかり！

これってもしかして、セリアンがわざわざ手配してくれたの？

隣にいるセリアンを見上げれば、彼は優しく微笑んでくれた。

種なんて、家では堂々と買うことも仕入れることも難しい。かといって王都の種を売る店に貴族令嬢が入れば目立つので、それもできないのだ。

時々そんな愚痴《ぐち》を漏らしはしていたけれど、セリアンはそれを覚えていて、ここに商人を呼んでくれていたのだ。

「ここには、時期になれば種を扱う業者もやってくる。だからこの商人が出入りしても、君が養育院を訪問したことはわかっていても、君自身が種を買うなんて夢にも思わない。だから好きな物を買うといいよ」

「本当にありがとうセリアン！」

私は喜んで種を物色し、ここぞとばかりに自分のお小遣いでどうにかなる範囲で種を仕入れた。

いくつかはサロンのニンジン畑の横に蒔いて、他は領地の畑で育ててみてほしいと、あちらの家令に届けさせるつもりだ。

買い物を終えた私は、再び公園までセリアンの馬車で戻る。

うちの馬車の横に着いたので、私とイロナは降りて別れの挨拶をする。

「今日は楽しかった。誘ってくれて感謝しているわセリアン」

「君がそう言ってくれてよかったよ。それじゃリヴィア、また」

うなずくと、セリアンはそのまま馬車の扉を閉じ、そこから立ち去った。

私はしばらく馬車を見送った後、ほーっと息をつく。

王都に来て、一番充実した外出だった。

多少、誰かにセリアンと会うところを見られたら……と思うと、ハラハラしたけれど。

思い返していると、イロナが目の前に移動してきたうちの馬車の扉を開けつつ、私にそっと尋ねてきた。

「お嬢様、あの方と婚約されるのですか？」

先日婚約が破談になった上、私が次の婚約相手を見つけられずに苦戦していたから、心配しているのだろう。

「いえ……ちょっと……ね。差しさわりが」

「差しさわりですか?」

イロナは不思議そうに首をかしげた。

今日みたいな配慮をしてくれる人は、セリアン以外にはいないだろう。

しかし結婚するとなれば、人目を避けてはいられない。

お兄さんから家督が譲られることになったら、様々なパーティーに呼ばれるだろうし、王宮にも訪問することになる。

こんな木っ端《こぱ》貴族の私では、上手く対応できるかわからないし、セリアンに恥をかかせるかもしれない。

「あちらの家はすごい名家ですもの……私なんかでは申し訳ないから」

イロナにはそう言うしかなかった。

閑話一　イロナ

あたし、イロナが仕えるのは、貴族の家。

小さなご領地ではあるものの、土地持ちの貴族の一つで、三番目のお嬢様は農作業にも全く抵抗がない。そのため領民にはとても慕われていた。

そんなお嬢様も、とうとう結婚適齢期。

結婚相手はすぐ決まり、無事に婚約をしたと思ったら……半年後、唐突《とうとつ》にその婚約が破談になった。

「しみじみと思うけど、理不尽《りふじん》だったわね」

婚約がダメになった理由をとうとうと語った後、リヴィアお嬢様は冷静にそんなことをつぶやく。

着替えを手伝いつつ話を聞いていたあたしは、どうにも不可解な話に首をかしげた。

理由はわからないけれど、突然婚約者がリヴィアお嬢様を敵視しだしたというのだ。

お嬢様はその原因を「ものすごく、他の女性のことを好きになったらしい」とあたしに説明した。

「婚約していらした方が、その女性をお好きだと言ったのですか？」

聞けば、お嬢様は首を横に振る。

「いいえ。でも見ていたらすぐにわかったわ。彼女以外目に入らない様子だったもの」

お嬢様は、時々そんなふうに言うことがある。

リヴィアお嬢様が「あの二人、相思相愛じゃないかしら……」とつぶやくと、そのうちに結婚したり。

時には「彼女に、どこか遠くに逃げた方がいいって誰か伝えてくれないかしら。あの従兄だって人がちょっと……」なんて言った一件については、その後付きまといから誘拐未遂《ゆうかいみすい》事件に発展して、あたしはぞっとしたものだった。

当のお嬢様に尋ねると、あまりにも熱心に見つめていた様子から……という、あいまいな答えが返ってくるのだけど。恋愛感情らしきものに、お嬢様は敏《さと》いのかもしれない。

かといってお嬢様本人は、恋愛のことはよくわからないのだとか。

それは全くの嘘ではないと思う。

召使い達から見ても、お嬢様は誰かに恋をした形跡もなく、婚約者にも全くそのような感情を抱いた様子がなかった。

しかも恋をしたことがない、とあたしに話していたぐらいだ。

だから男性とお出かけになると聞いて、あたしは心底驚いたのだ。


「お父様には内緒にしておいてほしいのだけど」

そう切り出し、あたしに付き添いを頼みたいと言ったお嬢様の表情は、どこか恥ずかし気で。

婚約者と一緒に出かけた時でさえ、冷静なお顔のままだったというのに……とあたしは驚いた。

側に他の召使いがいたなら、思わず目配せして確認しただろう。（これは、お嬢様が恋をしている相手ってことかね？）と。

しかも旦那様には内緒ときた。これで片思いすらしてないなんてありえないと思うのに、お嬢様は理由をこう説明したのだ。

「お友達なのよ。だからお父様に、恋人だと勘違いされたくないの」

……心底そう信じているらしい口調だった。でも表情がいつもと違いませんか、お嬢様？ってことは、お嬢様は無自覚ってことでしょうかね。

とりあえず、お嬢様がこんな態度をすることそのものが珍しいわけで。お相手も由緒正しい貴族様なのですから、あたしに反対する理由などありはしません。

それに付き添えば、そのお相手が前回の婚約者のように微妙な男かどうかもわかるでしょう。もしそうなら、徐々にお嬢様がお相手から気持ちが離れるようにしなくては……。

そんなことを思いつつ、あたしはお嬢様の外出に付き添うことにした。


そうしてお嬢様の側で観察してみたセリアン・ディオアール様という方は、想像以上に素晴らしい方だった。

なにせリヴィアお嬢様が木の実を投げてもお怒りにならない。

これは驚異的なことだ。平民の友人関係でも、いきなり木の実を投げられて、それでも笑ってくれる人物は少ないだろう。貴族様ならなおさらだ。

あげく、お嬢様のかなり地味な趣味についても、ついていける方だった。

うれしそうにニンジンを育てたり、王都に来てからずっと畑に鍬を振り下ろしたいと嘆いていたお嬢様を、受け入れてくださる方がいるとは思わなかった。

さらにはお嬢様が一番ほしかったもの……これまた本当に地味だけど、作物の種を選んで買えるように手配してくださったのもとても印象がよかった。

そこでご自身が買ってあげようと言い出さないあたりも、お嬢様のことをよくわかっていらっしゃる、とうなずくばかりだ。リヴィアお嬢様にそんなことを言ったら、相手に負担をかけることが申し訳なくなって、心から買い物を楽しめなくなるだろう。

結果、お嬢様はとても上機嫌で家にお戻りになったが。

「とてもお優しい方ですね。ご趣味に関しても、とてもお嬢様と気の合うようで。……フェリクス様より相性が良いと、イロナは感じましたよ」

そう言えば、お嬢様は苦笑いする。

「セリアンが優しいのはそうだと思うけど……。でも、私なんかにはもったいない人だわ」

「そうでしょうか？　セリアン様もお嬢様のことを思っていらっしゃるようにお見受けしましたので、そんなふうにお思いになることはないと感じましたけれど……」

するとリヴィアお嬢様は困ったような顔をして、こっそりと教えてくださった。

「そういうお話はいただいたけれどね、セリアンの方にも事情があって、ちょうど結婚相手を探していたのよ。そうでなければ、『一緒にいると気楽だから』なんて相手に声をかけないでしょう」

「そうでしょうか……」

「婚約者に捨てられるような女だもの……。セリアンだって、綺麗な気の優しい令嬢と親しくなったら、そちらに引き寄せられてしまうのではないかしら」

あたしは賢く口をつぐみました。

ここで反論したところで、お嬢様はますます頑《かたく》なになられるでしょう。

でも気安い相手というのは、なかなか現れるものではないと、四十も過ぎたこのイロナはしみじみと思うのです。それが異性ならば、なおさら出会うのは難しいでしょう。

しかもお嬢様は、元婚約者のせいで自信を失っておられる様子。よほど元婚約者がよろめいた相手が美人だったのかもしれませんが。

元婚約者の対応が悪かったせいで、自分が想われる対象だとは考えられなくなっているのは間違いありません。

セリアン様はそうではないと思うのですが……。

三章　誰かに自分を意識してもらう方法

翌々日。

私はサロンへ来ていた。

種を蒔いたばかりで芽は出ないだろうけど、様子は見ておきたいから。

ちなみにこのサロン、頼んでおけばレンルード伯爵夫人の使用人が、毎日朝に水やりをしてくれる。とてもありがたい。

なので様子を見て、野菜が育つ畑の中でほっとするひと時をすごそう。その後はすぐ帰ろうと思っていたのだけど、同じ時間にセリアンが来ていた。

というか、庭がよく見える館のベランダでお茶をしていた。

「こんにちはセリアン、一人でお茶をしているのね。誰かと待ち合わせ?」

声をかけると、セリアンは微笑む。

「君を待っていたんだリヴィア。少し付き合ってほしい場所があって」

「付き合ってほしい場所?」

首をかしげたけれど、その場所については「行ってからのお楽しみだよ」と言って、教えてくれない。

まぁ、セリアンがおかしな場所へ連れていくこともないだろう。

私は自分の家の馬車を伯爵家で待たせて、セリアンの馬車に乗り込んで街へ出かけた。

（高級だわ……）

セリアンの馬車に乗って一番に気になったのは、馬車の内装の素敵さ。

外観も艶《つや》のある黒塗りの素敵なものだったけれど、内装は質の良さを指先や座った感触からひしひしと感じた。

柔らかな座席。クッションを敷いてごまかさなくても、馬車が揺れても振動で痛くなったりしない。

その座面を覆う、えんじ色の天鵞絨《ビロード》。

うっとりするような手触りも、美しい染色も、高級品だということが伝わってくる。

「さすが侯爵家の馬車。乗り心地が素晴らしいわ」

「君に褒めてもらえてうれしいよ。でも、もっと君が喜ぶ情報があるんだ」

「何？」

セリアンがいたずらっぽく笑う。

「この馬車、底面にスコップやつるはしを収納できる場所があってね。いつでもこっそり運べるんだ」

「うちの馬車もそう改造したいわ！」

私は目を輝かせて叫んでしまう。

その後は、いかに父親にバレないように農具を運んだかの話になった。

盛り上がっているうちに、セリアンの目的地へ到着したようだ。

馬車が停止し、御者台《ぎょしゃ》に同乗していた従者が、扉を開けてセリアンに言った。

「到着いたしました」

「行こうリヴィア。ちょっとしたガラス細工のお店なんだ」

促されて私は馬車から降りた。

目の前にあったのは、古めかしい飴《あめ》色に輝く木の扉と、石造りのお店だ。

中へ入って、私は声を上げる。

「ああ……」

綺麗だった。

無数のガラスのシャンデリアが吊り下げられ、棚にもガラス細工の花瓶やグラス、そして置物が所狭しと飾られていた。

それらを、少し高い場所につけられた窓から入る光が照らしている。

お店なのに、どこか荘厳《そうごん》な雰囲気を感じて、私は店の中に進めずにいた。

そんな私の手を引いて、セリアンが置物の前へと移動する。

「ほら、これとか、とてもリヴィアの好みだろう？　見せたいと思って連れてきたんだ」

「確かに私好み……」

セリアンはよくわかっている。

彼が指さしたのは、植物……ではあるが、とてもなじみ深い代物《しろもの》を模した置物だった。

「ニンジンとか珍しいわ」

リンゴの木ぐらいならわかる。

けれどニンジンやカブのガラス細工など、めったに見ない。

好みだと思うのと同時に、ガラス職人はいったい何を思ってこれを作ったんだろうと私は疑問に感じた。

「野菜好きのガラス職人さんかしら」

「そうかもしれない」

セリアンの応じる声を聞きつつ、私はなにげなくニンジンに触れる。

繊細なニンジンの葉もよく再現されていて、透明なガラスということもあって、夢の中の作物みたいで楽しい。

「これ、気に入ったみたいだね。じゃあ買おう。君、これをもらえるかな？」

セリアンは店員に声をかけ、あれよあれよという間に、そのニンジンをお買い上げ。

そして木の箱に入れて綺麗にリボンをかけたそれを持って、私を連れてまた馬車へ戻った。

「用事はこれで終わり？　いい物を見せてもらえてよかったわ」

ガラスのニンジンはとても素敵だった。

買ったセリアンがどこに飾るのか、想像するだけで面白い。

思わず笑いそうになっていた私に、セリアンがはい、と箱を差し出す。

「え？」

「プレゼント。君が気に入る物がどれかわからなかったんだ。だから興味を示してくれそうな店を見つけたから、君をここに誘ったんだよ」

「私に？　でもどうして」

プレゼントをもらう理由なんてない日だけれど。

誕生日もまだ先だし……と思ったら、セリアンが微笑んで言った。

「まだ僕のこと、迷っているんだろう？　だからだよ。せめて毎日僕を思い出してほしいと思って」

部屋の置物を見る度に、セリアンのことを思い出してほしいという意図だったらしい。

「これで少しは、僕を意識してくれるだろう？」

「意識してって……」

この間のことで、十分に意識していると思うのに。

毎日想ってほしいと言われて、私は困惑しながらも自分の顔が熱くなるのを感じる。

熱烈とまではいかなくとも、私に好きになってほしいというセリアンの行動に、なんだか身の置き所がない気持ちになる。

思えば、フェリクスから贈り物をされたのは、一度か二度だった。

贈ってくれたのも消え物ばかりで、いかに私に気持ちがないのかがわかったし、家の都合での結婚などそんなものだろうと諦めていたのだけど。

（たぶん普通の恋愛って、こういうことをするんだな……）

そんなことを思った私は、少しだけ……悪くないと感じていた。

セリアンの家とのことは色々大変でも、こんなふうに想われるのは心地良い。

もしこうして想い続けてくれるのなら、厳しい状況が予想できても、セリアンを選びたいと思ってしまうだろう。

私の中で、ことり、と心の中の重石《おもし》が動いた気がした。


セリアンと出かけた三日後。

私はとある伯爵家のパーティーに出席していた。

父親がお世話になったことがある伯爵の開催したものだ。今までにもこの伯爵家のパーティーには何度も参加したことがある。

ただ今回は急に出席が決まったので、ドレスの準備に手間取った。

元々持っていたドレスの中で、去年着た水色のドレスのスカート部分を一部摘んでドレープを作り、型が違うように見せたり、レースを足して雰囲気を変えて誤魔化した。

……いくら弱小子爵家とはいえ、同じドレスを着まわしているとバレるのは避けたい。貧乏なのかしらとあざ笑われるのはごめんだ。

そうして突貫で準備をした今日のパーティーは、ダンスパーティーが主だとかで、参加者は別室で晩餐《ばんさん》の席についた後で、別の広間へ案内されていた。

ゆったりと流れる音楽。

時に歌人が英雄譚《たん》や恋物語を朗々と歌い上げる中、楽し気に踊る人々と、それを眺めつつ談笑する人々に分かれる。

話題はなにげない貴族の間での噂話や、人によっては領地間の交渉。

そして見合いに関する話だ。

「お父様はどこへ行ったのかしら……」

私をエスコートしたのは父だ。いつもはそのまま私を連れ歩いて、どうにか相手の貴族の子息や親族に紹介しようとするのだけど、珍しくどこへ行ったのかわからない。

仕方なく、会場で友人を見つけたのでそちらに近寄った。

「エリス」

「リヴィア。あなたが来ていたのは晩餐の時に見ていたのだけど、見つけてくれてよかったわ。今日はとても人が多いから」

黒髪を結い上げて白い花で飾ったエリスは、ほっとしたように微笑む。

「晩餐の後から参加されてる方も多いものね」

そう言いながら、私の視線はとある一点に、吸い込まれるように向いてしまった。

セリアンがいたのだ。今日はセリアンも同じパーティーに招待されていたようだ。

セリアンの周囲にはかなりの人が集まっていた。

ほとんどが知り合いの若い男性だ。けれど、それをとりまくように貴婦人や男性貴族がいる。貴族の子息としての立場に戻った理由が気になっている人や、娘達の結婚相手にしたい人が、まずは顔つなぎをしようと考えているのかもしれない。

人気すぎて大変そう……なんて他人事のように考えていた私に、同じ方向を向いたエリスがささやく。

「あの方、とても目立つわよね。すごくかっこいいわ」

世間話として話を振られて、私はどう答えていいのかわからず、苦笑いしてしまう。確かにセリアンはかっこよくて目立つ。

「あの方、ディオアール侯爵家の三男でセリアン様とおっしゃるんですってね。一番上のご子息とそっくり」

エリスの言葉に私は苦笑いする。サロンで会う友人達のことはエリスにも話していなかったので、セリアンのことを旧知の人間だと言い出せない。

「花婿候補にって人が集まるのも当然ね」

「そうね」

なにげなく返事をした私だったけど、セリアンの近くに見知った顔を見つけて硬直した。

――シャーロット。

初々《ういうい》しい印象を振りまく薄紅色のドレスを着たシャーロットは、夢見るようなまなざしをセリアンに向けていた。

「ま・さ・か」

彼女は、セリアンにご執心なの⁉

つい先日は、フェリクスに庇われていた彼女だったけど、別にシャーロット自身はフェリクスに恋していたわけではなかった。あの時は、フェリクスだけがシャーロットに恋心を抱いていただけ。

公園で出会った男性達にも、シャーロットは恋している様子ではなかった。

「あら、リヴィアの天敵がいるわ」

エリスもシャーロットに気づいたようだ。

「今度はセリアン様に近づく気なのかしらね。他にもずいぶんといろんな男性に、すり寄っていたみたいだけど」

「そうなの？」

首をかしげると、エリスが呆れた表情になる。

「あれだけ迷惑かけられたのに、悠長《ゆうちょう》ね。リヴィアとの縁談から逃げた人の半数は、シャーロットがお近づきになって、誘惑したとしか思えない状態だったのよ？　おかげでシャーロットは、一部の貴族の奥様方にはとても嫌われてしまったようだけど」

シャーロットは私が気づかないところで、色々と活動していたらしい。

「変な言いがかりばかりつけられていたせいか、そっちの印象が強くって、気づかなかった……」

横っ飛びの変な人、と私の中で彼女のイメージが固まっていたせいだろう。

「それにしても、なぜ私、彼女にこんなにも嫌がらせをされるのかしら。親の仇《かたき》でもないし」

婚約を潰《つぶ》して回られるほどのことをした覚えがないのだ。

「その辺りはわからないわね。でも、初対面でなんとなく嫌っていう感覚だけで、文句をつけてくるような人だっているんだもの。彼女もそのたぐいじゃないのかしら？」

「だとしたら、本当に避けるしかないわよね」

セリアンが「結婚しよう」と言ってくれたけど、早々に乗ってしまわなくてよかった。

応じていたら、今回のパーティーでセリアンにエスコートされて、おおいにシャーロットに恨まれていただろう。

でも……。

（本当に彼女は、セリアンが好きなのかしら）

いつも彼女は男性達の側にいるけれど、一心に思っている様子はない。今回もそういう感じで、ただかっこいいセリアンを見て、楽しんでいるだけの可能性もあるし。

近づくのは危険だけど、気になって仕方なくなる。

「私、ちょっと飲み物をいただいてくるわね」

心のざわつきが無視できずに、私はついシャーロットの側に近づいてしまったのだけど。

『ああ、いつかその日が来るんだわ。あなたを手に入れたい……。あなたを思う通りにできるようになりたい。その日が待ち遠しい。その日をずっと待っていたわ』

ポエムが聞こえてしまった。

息を呑んだ私は、慌てて側を離れた。

シャーロットはセリアンが好きなのだ。

（セリアンには近づかない方がいいわね……。すごく執着していて、とっても怖かった）

彼女に注意するようセリアンに手紙を書かねば。シャーロットから遠ざからないと、セリアン自身も適度に気の合う相手と結婚できなくなってしまう。

「でも、もしセリアンが彼女でもいいと思ったら……。友達を一人、なくすことになるのかしら」

なんだか、どちらに転んでも、セリアンとの縁が遠くなる運命だったのかも……なんて思えてきたのだけど。

（私、残念だって感じてる？）

落胆する気持ちがあることに、私は自分で驚いた。

きっと、気心の知れた相手との結婚生活について、思い描いてしまったからかもしれない。

ちょっとがっかりしながら、私は会場内の、セリアンやシャーロットから離れることにした。

四章　婚約は不意打ちで

「リヴィア。ここにいたのか」

呼びかけに振り返ると、そこにいたのは父と——見慣れない老齢に差しかかった外見の男性。

私は首をかしげる。

なんとなくお父様の意図はわかるのだ。娘を結婚させたくて、どこからか婚約してくれそうな貴族を見つけてきたのだろう。

で、この老貴族はその親か、もしくは祖父。さすがにお父様も、自分より年上の相手に嫁がせようとはしない……と思う。

思いたい。というぐらい、ひっかかる部分もあった。

まずお父様の顔色が悪い。苦手な泥魚を我慢して食べた時のように、青白い。

そして老貴族の側に、結婚相手になるだろう男性がいない。

なんだか嫌な予感がしてきた私に、お父様が青白い顔のまま老齢の男性に私を紹介する。

「これがうちの娘のリヴィアです、マルグレット伯爵。着飾ればなかなかだと思うのは、親の欲目かもしれませんが、性格も大人しくて実に優しい子に育ちまして……」

「そうですか」

マルグレット伯爵はお父様に短く返し、じっと私を見た。

……値踏みされてる。

そういうものは視線でわかる。この老伯爵は、私のことを『自分の家に飾ってもいい壺なのか』と同じような感覚で見定めているのだ。

そこでさすがの私も察した。

――お父様、まさかこの人と私を結婚させようとしているの⁉

視線を向けると、お父様はものすごく気まずそうに目をそらした。ってことは当たり⁉

しかもこの老伯爵、私の性格に好意を抱いてくれた、という感じは全くない。

中身よりも、外見がひどく劣っていないか、とか。本当に大人しいのなら、自分の邪魔をしないだろう、とか。そういうことを重視していそうな。

「…………」

商品扱いされるのは、気分がよくない。

でもお父様のこの口調だと、すでに老伯爵に結婚を約束してしまった後に違いない。なのにこの場で断るようなことをしたら……おそらく、領地の商売的にも問題が発生する。

せめて、マルグレット伯爵が私のことを「気にいらない」と言ってくれたらいいのに。なんて願ってしまう。先方から断られる分には、どこにも角が立たないもの。

けれど儚《はかな》い期待は泡のように消えてしまった。

「いいでしょう。浮《うわ》ついた様子も少ないし、従順そうですからな」

マルグレット伯爵の言葉に、私はため息をつきそうになって、唇を引き結んでこらえた。

ここでそんなことをしたら、お父様の立場をつぶしてしまう。だから少しでも、この方との結婚でいい点を思い浮かべようとした。

（いい点……いい点はどこ……）

シャーロットにこれ以上恨まれないことと、セリアンと友達でいられそうなことぐらいかしら？　とにかく今後は、お父様の顔を立てるためにも、二度か三度はこのマルグレット伯爵の出るパーティーに出席したり、伯爵の家に挨拶に行くぐらいはしなくてはならないでしょうね。

でもこの方、なぜ私を選んだのかしら？　恋こがれているようなポエムも聞こえないし。

体裁《ていさい》をとりつくろうための後妻が必要なの？

なんにせよ、こんな相手との結婚なんて、先々が不安で仕方がない。

伯爵の方から、「破談だ！」と言ってくれる方法を考えてみる。

婚約期間中に身持ちの悪い女のフリをしてみるしかないかしら？　シャーロットのせいで婚約が破談になった話が流れていることだし、それを利用したらなんとかなるかも？

ただし、それを実行すると私の評判と一緒にお父様の評判まで低下しそうだし、貴族の子弟との結婚がますます遠のきそう。

もう少し、私が対策を立てる時間があればもっと良い手を思いつけたのだけど……。

（いえ、正式に婚約を交わすまでは、もう少し時間があるわ）

家に帰ってから、落ち着いて考えよう。なんて思った時だった。

「では一曲、踊ろうか」

マルグレット伯爵がそんなことを言い出す。

え⁉

そんなことをしたら、マルグレット伯爵とお父様だけではなく、私とまでなんらかのつながりができたことは間違いなく周囲にバレるし、婚約の話をしているのだと察せられてしまいかねない。

なにせ、お友達という関係ですらなかった相手だもの。

お父様になんとかして！　と視線を送るけど、視線をそらしたままだ。

マルグレット伯爵の方は……あ、なんか嫌な笑い方。ニヤって感じの。

「近いうちにあちこち連れ歩くことになるのですから、その様子を見させてもらいますよ、リヴィア嬢」

え……ダンスで様子を見るっていったい何？

変なことを言う人だと思ったけれど、断るわけにもいかない。私は初対面のマルグレット伯爵に手をとられて、ダンスの輪の中に加わる。

ちょうど始まった音楽は、ワルツだった。

手を組み肩に触れるようにして立つ。

背丈の差は問題ないけれど……ちょっ、この老伯爵、なんだか腰に触れる位置が下すぎやしません？

おかしいと感じたものの、たまたまそういう位置に手が当たってしまっただけと思いたかった。

でもほんのしばらくの時間で、それが勘違いではないとわかる。

たまに指が動くのよ。

ぞわぞわーってするような、嫌な動き。

なんか意識がそっちに向いたせいか、伯爵の目がこう言ってる気がする。

――怯える姿をもっと見たい……。

ニヤリと口の端が上がるところからして、そう思ってるのは間違いない！　この人、体裁のために後妻を娶《めと》ろうとしているわけじゃないのね⁉

「むぐぎぎぎ」

嫌悪感に、唸《うな》り声がもれそうになる。

万が一このまま嫁ぐことになっても、高齢の方だし、名目だけの妻として後妻に入るなら、貞操《ていそう》の心配はないだろうと考えていた。だから修道院にでも入ったと考えてあきらめるつもりだったんだけど。どうしよう。これはよくない。

お父様よりも年上の人と、口づけをする自分を想像して、ぞっとする。

本当にお父様はそれでいいの⁉　と思ったけど、遠くでお父様はうつむいたまま動かない……。

頼りにならない！

そうこうしているうちに、曲が終わった。

ほっとしたものの、マルグレット伯爵はまだ踊る気満々だ。広間の中央から立ち去る気配が全然ない。

しかめっ面をしかけた私だったけど、次の曲を聞いて気をとりなおした。

カドリールなら、ずっと腰に触れられるわけではない。男女八人で一つの組を作って、その中で行ったり来たりを繰り返しながら踊るダンスだ。

あと一曲だけ我慢しよう。そうしたら、家に帰って冷静に対策を考えるのだ。

とりあえずカドリールを踊ることにしたものの、同じ組に、先ほどまでは近くにいなかったはずのセリアンの姿を見つけた。

一緒にいるのは、セリアンの家とは親戚にあたる伯爵家の令嬢だ。何度か見かけたことがあるので知っている。今日は彼女をエスコートしてきたのかしら。

それについてはどうとも思わない。今日出席するつもりだったのなら、かなり以前からエスコートの約束をしていたはず。

……それこそ、私の話を聞いて「婚約しようか?」と言う前の話だろう。

女性はドレスの用意とか支度に時間がかかるから、急には応じられないものね。

むしろ私の方の状況に、セリアンが何を思うのかが怖い。

同情からとはいえ、結婚の話をした相手が、見知らぬ男と一緒にダンスを踊っているのだ。

(さすがに傷つくかしら……)

そこが不安だ。

私は、優しい友人に嫌な思いをさせたくはない。セリアンに何か問題があったわけじゃないのだし。せめて「父が了承してしまったので」と説明したくても隙《すき》がない。

相対する側の女性と入れ替わるようにして、セリアンの隣に行くこともあるので、その時に……

と思ったけど。いざとなると、意気地《いくじ》なしの私は気が引けた。

セリアンに手を取られ、一回転して戻る隙に、せめて「ごめん」と謝ろうか。

それとも思わせぶりな言葉だけ先に言うと、逆にセリアンに変に思われるだろうかと迷う。

そんな私を迎えいれるように手を触れあったセリアンが、小さな声でささやいた。

「庭に出られるかい？」

はっとした。セリアンは事情を聞こうとしてくれてるんだ。

私は「もちろん」と返し、すぐにまた元の場所へとダンスの流れ通りに戻る。

その後も、ダンスの間にセリアンと隣り合うこともあったけれど、彼はそれ以上のことを言わなかった。

でも事情を話す機会があるだけで十分だ。

問題は、この後もマルグレット伯爵に拘束されてしまったら、庭に出られないことだったけれど。

「なかなか素直なお嬢さんのようだ。後日またお会いできるのを楽しみにしてますよ」

マルグレット伯爵はお父様にそう辞去の言葉を口にしてくれた。

ほっとする。

伯爵の様子見に合格した件については、ものすごく嫌だけど、とにかく今日はこれで伯爵の側から離れられるのだ。

けれど去り際、マルグレット伯爵が私にささやいていった。

「もうすぐ婚約するのだからな。他の男には媚《こび》を売らないように」

「…………」

背筋がぞっとして、私は返事ができなかった。

わからないように口も動かさないようにしていたのに、セリアンと一言交わしたことを見とがめられた……と感じたから。

怯えながら、私は立ち去る伯爵の背を見送った。

抜け目ない老伯爵とは、どう考えても楽しい結婚生活にはなりそうにないな、と考えながら。

なんにせよ、私はいますぐやらねばならないことがある。

一つ深呼吸してから、まずお父様に一言物申しておくことにした。

「お父様」

「な、なんだ？」

にらみつけるが、相変わらずお父様は目を合わせない。後ろ暗いところがあると丸わかりだ。

「なぜ先に、あの方と引き合わせることを私に教えてくださらなかったのですか？　そもそも引き合わせるどころか、すでに決定事項だったようですね？　私には結婚相手を見つけてこいとおっしゃったのに。その説明をしていただけませんか？」

「いや、その……」

お父様は両手を組み合わせて一歩下がる。

「お前には悪いとは思ったが、伯爵家とつながりができるのならと思って……。とにかく結婚はできるわけだし、これでお前の変な噂も消える。年は気になるだろうが、先方も高齢だ。しばらく我慢さえしたら、ある程度の財産分与を受けることもできるはずだし、その後に改めて別の男性と結婚することもできるだろう」

どうやらお父様は、私の評価が落ちないようにまず結婚させようと考えたらしい。そのために、マルグレット伯爵の申し出を受けたのだ。きっと、マルグレット伯爵が高齢だから、私が今後再婚できるにしろできないにしろ、遺産を受け取ればゆったりと暮らすことができる、という目論見《もくろみ》があるのではないだろうか。

お父様の視線が泳ぎっぱなしだけれど、その話自体は納得できる。

「けれど年の差がありすぎです。伯爵にはすでに後継ぎもいらっしゃるのでしょう？　なのに財産など分与していただけるのですか？」

マルグレット伯爵の年齢なら、すでに後継ぎがいるはず。子供がいない場合は、親族から後継ぎを指名しているのが普通だ。なら、後妻に入った女など、さぞかし目障りだろう。遺産などもらえるかどうか。

「子供はいい。財産分与が終わったらお前は家に戻ればいい。家はマリエラの子供に継がせて、お前は家でゆっくり過ごせばいい」

「それは……」

お父様は私の将来について考えた上で、そう言っているのだろう。

ただ今まで、お父様はどうしてもマリエラお姉様とその夫を後継ぎにはしたくないと言っていたのだ。それに周囲も同意していた。

なぜなら……マリエラお姉様もその夫も、家の運営にはちょっと疎《うと》すぎるので。ほんわかとしたいい人達だけど、数字に明るくなくて……家を傾かせそうに見えるのだ。

しかも姉は私のことを理解はしてくれているから、家の庭で野菜を育てることぐらいは見逃してくれるかもしれない。

ただ……お父様が今度こそ、と貴族らしくなるよう教育した通りに子供が育ったら？

家庭菜園を外聞が悪いと嫌がられたら、さすがに当主になった子供の言うことを聞かないわけにはいかなくなる。それでは老後の楽しみもない。

しかもお父様は、マルグレット伯爵が高齢だから、名目上の妻になると考えているのだろう。

さっきの感じからして、その可能性は皆無だ。マルグレット伯爵は、畑なんて作らせてもくれないだろう。

結婚生活は、かなりの苦行になる。……なによりもそれが、耐えがたい気がした。

「とりあえず、明日にでもまたお話ししましょう。少し飲み物などもらってきます」

私はそう答えてお父様から離れ、セリアンを待つべく庭へと降りることにした。

バルコニーから外へ出て、私は外気の寒さに粟《あわ》だった肌をさする。ショールが必要だったかもしれない。

夏が近づいて温かい日が続いているのに、夜になると空気がかなり涼しい。パーティードレスでは、いくらか肩を晒《さら》す形になっているので肌寒いのだ。

かといって戻ったあげく、お父様に回収されてさっさと家に帰らされては困るので、我慢するしかない。

「にしても、庭のどこにいればいいのかしら」

セリアンは「庭」としか言わなかった。

でもこちらの状況を察したからこそ、小声でひっそりと待ち合わせを持ちかけたのだと思うので、人からは見えにくい場所に行けばいいだろうと思いつつ、庭の奥に進む。

人目にすぐつかなくて、でも見つけにくくはない場所。

どこが該当するのか考えていた私は、月光をはじいて煌《きら》めく噴水から少し離れた場所に、三人くらいは座れる木の椅子を見つける。

配置からすると、噴水とその周囲の花壇を静かに眺めるために置かれたもののようだ。

これなら待ち合わせをするのにちょうどいい。

そう思って近づいた私は、椅子の側に立っていた人影にようやく気づいた。

「セリアン」

すでに待っていた彼は、私の声に片手を挙げた。

「きっと君ならこの辺りに来ると思って」

「あなたの予想通りのことをしててよかった。行き違いになったら探す手間も時間もかかるものね」

側に歩み寄ると、セリアンは微笑む。

「その合理的な考え方、とても助かるよ」

「？　どこが？」

何かセリアンを助けるようなことを言っただろうか。不思議に思っていると、セリアンは教えてくれる。

「相手の行動を先読みして動くと、たいていの人は気味悪く思うから」

「ああ、そういうことね」

納得した。セリアンには確かに人の心を読んで、その先の行動をしてしまうことがある。

ニンジンの種が欲しい時に、何も言わなくても手にのせてくれるとか。スコップが欲しい時にも、目で探すだけで差し出されているとか。水を撒こうとした時には、セリアンがじょうろを持って撒きはじめていたりとか。

いたれりつくせりで、畑仕事がはかどるので私は楽ができている。

「手っ取り早くていいと思うのだけど？」

どこがダメなのかよくわからない。

「リヴィアはそのままでいいんだよ。それより、少し人目につかない場所へ行こう」

うながされて、私達は噴水からさらに遠ざかった場所へ。四阿《あずまや》では目立つので、そこからもさらに離れた庭の端に移動した。

椅子もない場所だけど、花壇を囲んでいる岩が座るのに都合がいい。紳士なセリアンは、ドレスが汚れては困るだろうと、自分のスカーフを敷いてくれた。

「気にしないのに……」

かぎざきさえ作らなければ、次のパーティーシーズンまで眠らせておく予定のドレスだ。じっくり洗う時間もあるので気遣わなくてもと思ったが、セリアンは笑顔で首を横に振った。

「気遣える時にしておかないと、忘れそうでね。なにせ聖職者の間は、そんなことをする必要がなかったから。でも貴族に戻るのならそうはいかない」

それもそうだ。聖職者が夜会に出るのは時にあることとしても、女性と二人きりで語りあうために庭に出ることはそうそうない。女性を誘うような聖職者もいることはいるけれど。

セリアンのお言葉に甘えて、私はドレスを汚さないように座り、すぐに今日のことについて切り出した。

「あのセリアン。実はうちのお父様が……」

「君に知らせないまま、婚約を決めてきたのかな？　相手はマルグレット伯爵？」

「……どうしてわかったの？」

尋ねれば、セリアンは苦笑いする。

「君、ものすごく嫌そうな顔をしていたから。普通に父親の友人に誘われて一曲付き合ったぐらいじゃ、そんな顔をしないだろう？」

私は思わず自分の頬《ほお》に触れる。あからさまな表情をしていただろうか。だとしたら、マルグレット伯爵にもそれがバレていたのかもしれない。

だから他の男に媚を売るなと言ったのかしら？　と想像したけど、違ったようだ。

「他の人はわからなかったかもしれないね。僕は、君が畑仕事の時に実に嬉しそうにしているのを見て知っているから、違いがわかったんだと思うよ」

「それならよかった……」

ほっと息をつく。

「私が嫌そうな顔をしていたのがわかったら、さすがに問題があるもの。お父様が勝手にお約束してしまったとはいえ……」

「君が嫌がるのも無理もないよ。ただでさえ親子ほどの年の差での結婚は、最近は珍しい。それにマルグレット伯爵は、少々強引な手を使う人だと聞いている。君のお父上がどう考えているかわからないけど、伯爵家が後ろ盾《だて》になるどころか、領地を奪われることにもなりかねないよ」

「そんな……」

私の結婚は、領地を守るためのものだ。

だから相手がマルグレット伯爵でも、我慢するべきだろうかと思ったぐらいなのに。

でも、領地が守れない結婚なら、破談にしたい。けど……できるだろうか。

私の迷いを見透かしたように、セリアンが言った。

「もし破談にしたいのなら、手伝うよ?」

私は首を横に振るしかない。

「しばらくはあなたに近づくのも難しいわ。例の、私の婚約を破談にさせたシャーロット嬢が、あなたのことをものすごくうっとりした目で見ていたもの」

「シャーロット嬢が?　なんでだろう」

首をかしげるセリアンに、私は苦笑いする。

「ディオアール侯爵家と婚姻を結ぶことは、どの家でも望むと思うわ。それにあなた、自分でどう思っているかわからないけれど、容姿もすこぶるいいもの」

むしろ家名が高くなくても、セリアンほどの美丈夫《びじょうぶ》なら、婿に欲しいという貴族令嬢は沢山いるだろう。

「そうか……。うちは意外ときな臭い家だから、避けられるとばかり……」

「王家の守護者だから？　昔はいざしらず、今は暗殺とかそんな話も聞かない時代だもの。むしろ王家とつながりが強い家だから、嫁ぎたい人はいっぱいいるでしょう」

親の世代は暗殺の話を気にするかもしれないけど、恋に目が眩《くら》んで押し切る令嬢は沢山いるはず。

「なるほどね。だとしても、そのシャーロット嬢は勘弁してほしいな。さすがに僕も、友人が迷惑をこうむった相手と結婚して、上手くやっていける気がしないよ」

肩をすくめるセリアンに、思わず笑ってしまう。

「なんにせよ、シャーロット嬢があなたをあきらめるまでは、私、近づけないわ。今度も何をされるかわからないから、離れていたいのよね」

シャーロットがいつもどおり、婚約が破談になるように行動してくれたらいいのだけど。今度ばかりは、そうはいかない気がする。

そう。シャーロットは、私に悪意があるのだ。

私が嫌がれば、全力で伯爵を援助しそう。

「じゃあ、君と結婚するには、シャーロット嬢に離れてもらうしかないのか……」

セリアンの言葉に、私は少しどきっとする。

彼はまだ、私と結婚してくれるつもりなんだ。そう思うと、嬉しいような、申し訳ないような気持ちが湧《わ》いた。

思えばフェリクスには、こんなふうに結婚を望んでもらえたことはない。

ただ親同士の合意に逆らう理由もないまま、なんとなく結婚するんだと思って顔を合わせて会話をしていただけで。

だからこそ……セリアンの気遣いが嬉しいのかもしれない。本当に私のことを好きでいてくれるかのような態度をされて、女として嬉しくないわけがないもの。

でもセリアンは友達だからこその気安さで、結婚を望んでいるだけ。私のことを情熱的なまでに想ってくれているわけではない。そんなポエムが聞こえたことはないもの。

思い違いをしてはだめだと、自分に言い聞かせる。

「理由はわかったよ、リヴィア」

とりあえずセリアンは、私の話を飲み込んでくれたようだ。

「ありがたいお話をもらっておきながら、私の事情で面倒なことに巻き込んでごめんなさい、セリアン」

「君のせいというわけではないだろう？　僕に興味を持ったのは、少なくとも君には関係のないことのはずだ」

それより、とセリアンは表情を曇らせる。

「君一人で、婚約を断ることができるのかい？　お父上も賛同してしまっているんだろう？」

「不安だけど、全く手がないわけではないわ。シャーロットのおかげで評判も落ちているし、最終的にどうにもできなくなったら、淑女らしくないことでもして伯爵に嫌われることにするから」

さすがのマルグレット伯爵だって、評判が悪すぎる娘と結婚したいとは思わないだろう。万が一の場合は、伯爵の親族に「遺産狙いで結婚する」と堂々と話して、相手の親族に嫌われて破談を勝ち取る所存だ。

でもセリアンは不安だったようだ。

「そんな生易《なまやさ》しい相手ならいいんだけど……。以前いた奥方は二人とも、結婚して間もなく離縁されたらしいけど、あまりいい別れ方ではなかったと聞くし」

「う……」

それはちょっと怖い。

というかマルグレット伯爵って、二度も結婚していたのか。

「よく知っているわね……？」

「王都で暮らし続けていると、悪評というものは、それなりに流れてくるからね。みんなそうして自衛しているから」

私は納得した。悪い評判しかない人とは、交流でさえ避けたいものだ。どこからどうなって巻き込まれるかわからないのだから。

「君だけでは対処しきれないと思ったら、すぐに手紙でもなんでもいいから、僕に助けを求めてほしい。もちろん君に言われなくても、心配で君の様子を探ってしまいそうだけど」

「え。マルグレット伯爵ってそんなにひどい人なの？」

セリアンの警戒っぷりに、私は身震いした。評判を悪くするぐらいじゃだめかもしれない？

「そもそもリヴィア。君はどうやって破談にするつもりなんだい？」

「ええと……。とりあえず伯爵の家を訪問するときには鍬を持っていこうかと」

「鍬……それでマルグレット伯爵の息の根を止めるなら、ありだと思うけど」

セリアンがなんかすごい怖いことを言った！

「ちょっ。さすがにそれは、国外逃亡しなくちゃいけなくなるわ！」

「冗談だよリヴィア」

にこっと笑うセリアンに、私は息をつく。

でもセリアンって、しれっとそういうことをしそうな雰囲気があるのよね……。私の聖職者に対するイメージが、ちょっとスレてるせいだろうけど。

「でも彼は挨拶に行った時にはもう、結婚証明書を用意しているかもしれない」

「結婚証明書を⁉」

貴族の結婚には王家の許可が必要だ。それは、貴族達が王家に離反しないよう、脅威となる家同士の結びつきが起きないように把握し、コントロールするための古《いにしえ》からの慣習だ。今はほとんど意味はないけれど。

許可をもらうために証明書を王家から受け取り、結婚する本人達がサインして提出するのだ。

あれは申請してから届くまで、少なくとも二週間はかかる品だ。

「今日初めて、お父様がマルグレット伯爵のことを話したのよ？　相手が私との婚約の話を持ち出したのは、いくらなんでもここ数日のことだと思うの」

「そうだといいんだけど……一応、気をつけて。困ったらすぐに僕を呼ぶのを、忘れないように」

言いながら、セリアンは私の手を握る。

「必ず助ける。信じてほしい」

「セ、セリアン？」

彼は握った私の手を持ち上げ、自分の頬を寄せた。ものすごく愛《いと》しいもののように扱われて、私はどうしていいのかわからなくなる。

だって、セリアンは利害の一致で私に婚約を申し出たんじゃ……。

「何かささいなことでも、僕に報告してくれるね？　君を救うためにも。君が心配なんだ……リヴィア」

セリアンが言い聞かせるように、私に顔を近づけた。

私はその美麗な顔による圧力から逃れるため、うなずいた。

「……はい」

セリアンはそれで納得してくれたようだ。

「では会場まで送ろう。その後はすぐに帰るんだよ、リヴィア」

私はもう一度うなずいて、ぼんやりとしたまま、セリアンの言う通りにしたのだった。

五章　結婚話の原因は？

しっかりと眠った翌日。

目覚めた私は考えた。

「うちの領地のことを考えれば、伯爵家の後ろ盾はほしいのよね。伯爵が人品卑《じんぴんいや》しからぬ人物だったら……だけど」

伯爵は、なんだかおかしい人だった。

そしてセリアンからは、やっかいな人だという情報をもらった。

結果、うちの領地に配慮してくれるどころか、奪われる危険性まで考えなければならない。

「うちのお父様では、横から伯爵が領地を奪ってしまうのを、指をくわえて見ているだけになりそう……」

伯爵のように抜け目ない人が、悪意を持っていたとしたら、それぐらいやりかねない。

一方の私は伯爵の妻ではあるが、おそらく何一つ口出しはさせてもらえまい。

さらに心配なのは、領地を取り上げられた上で離縁されることだ。お父様ともども、私は帰る家すら失ってしまう。

「やっぱり伯爵との結婚は危険すぎるわ。だけど、セリアンの手を借りるのは……もうどうしようもなくなった時だけにしないと」

なにせセリアンはお友達。あまりに頼りすぎるのは悪い。

私は朝の身支度をしながら、マルグレット伯爵の方から婚約を取り下げてもらう方法を考え始めた。

まずは私の評判を落とし、結婚したくなくなるように仕向ける方法を模索する。

「私の評判を落とす方法……。穏便《おんびん》に……、なるべく穏便には……無理かしら」

いや、まだ大丈夫なはずだ。

ちょっとダンスを踊っただけだもの。お父様と伯爵の関係上、私がお義理で誘ってもらったと言い訳ができるはず。多少、何かあったんだろうとは思われるだろうけど。

一番いいのは、表面上は何事もなかったと見せかけて、伯爵だけにお断りの申し出をしてもらうこと。

ならば先方に伺《うかが》った時とかに、とんでもないことをやらかすべきだろう。

「何をしたら嫌ってくれるかしら。花瓶を壊す？　弁償額が怖いわね……。あの方がかつらをかぶっていたら、それを取ってしまえば激怒してくれるだろうし、二度と私と関わりたくないと思ってもらえそうなんだけれど。かつらって感じじゃなかったし……」

「あらお嬢様。婚約のお話を破談になさりたいのですか？」

ぶつぶつつぶやいていたら、着替えを手伝った後で髪を結ってくれていた召使いのイロナが尋ねてきた。

まだ私、寝ぼけていたみたい。口から思っていることがだだもれとか、うっかりしすぎだわ。

「……お父様には内緒にしてもらいたいのだけど」

「よろしゅうございます。あたしは何も耳にしなかったことにしましょう。いつものことですものね」

微笑むイロナはもう四十代。口元や目じりのしわに優しさがにじんでいる。私が物心つく前から勤めている人なので、気やすい間柄だ。

「まぁ、あたしよりも年上のおじいさんに嫁ぐお話を聞いて、お嬢様のことが心配だったんですよ。いくら他のお話がうまく進まないからって、旦那様もひどいことをなさる」

渋い表情でイロナが言う。

「それにそんな方に嫁がせるぐらいなら、先日お会いしたセリアン様とご縁を結ぶことをお勧めしますよ。お嬢様もお嫌いではないでしょう?」

「嫌いではないけど。あの方はほら……」

セリアンを勧められて、私はうろたえてしまう。

イロナは完全にセリアン推しになってしまったらしい。気持ちはわかる。マルグレット伯爵なんかよりも条件がいい人だもの。むしろよすぎて引くぐらい。

ただ、今はセリアンと公園へ出かけた時よりも、彼と一緒にいようと思うハードルが上がってしまった。

セリアンを選ぶと、間違いなくシャーロットの嫌がらせが増す。

数々の婚約話を壊された私としては、もうシャーロットにへきえきしているのだ。

「むしろセリアン様なら、旦那様も喜んでそのお話に飛びつくでしょうし。というか……」

イロナは首をかしげた。

「いつもの旦那様でしたら、お嬢様に自分より年上の方と婚約させようなんて考えないはずなのですがねぇ……」

「そうなのよね」

お姉様二人の嘘に、ころっと騙されてしまうようなお父様だ。

それにお父様なら、私に結婚相手を見つけてこいと言った以上、今年のパーティーシーズンが終わるまでの間は待ってくれたはず。私もそのつもりでいた。

なのに強引に婚約をまとめてしまうなんて、お父様らしくない。

「誰か、入れ知恵をしたとか……」

「お相手の伯爵から借金をなさっているとか？」

イロナの仮定に、私はぽんと手を叩いた。

「ありえなくはないわね。以前もちょっとした借金を作って誤魔化そうとしたことはあったし。けど……娘を売るほどの借金？　フェリクスのところから、婚約の違約金をもらえるはずなのに」

先方の都合での婚約破棄だったので、フェリクス側が違約金を支払うことになっているのだ。今すぐ入金されるわけではないにしろ、私が噂になることと引き換えに、今現在のうちの財政はそれほど悪くないはず。

「御領地の運営のことはイロナにはさっぱりでございますよ、お嬢様。でも、そういったのっぴきならない理由でもないと、旦那様もここまでのことをなさらないのでは……と思うのですよ。はい、できました」

イロナは横髪を編んで結い、銀で作られた小花で飾ってくれていた。室内着ではあるけれど、深い青紫色のドレスによく合っている。

「ありがとうイロナ。そうしたら、領地の収支かお父様のへそくりの額を確認してくるわね」

「もうお嬢様ったら。イロナはまた聞かなかったフリをいたしますよ」

イロナが苦笑いする。私、どうしてもイロナの前だと、考えてることを口にしてしまうみたい。


そんなイロナと一緒に私は朝食の席に向かい、まずはお父様に色々と尋ねることにした。

「ところでお父様。フェリクスの家からは、お約束した通りの違約金は支払っていただけたのでしょうか?」

「……お前が金のことを気にするとは珍しい。それに淑女は、家の財政のことをあからさまに尋ねるものでは……」

「まだなのですね。すぐには支払えないと、先方からお話があったのでしょうか」

話をそらそうとするので、私はずけずけと続ける。

「いや……。来月末にまとめて、という話だ。よもやこんなことになるとは思わなかったのは先方も同じで、すぐに支払えないので分割か、少し時間をもらってまとめて払うのとどちらがいいかと聞かれてな、そう決めたのだ」

父はあっさりと白状したものの、深いため息をつく。まるでその決定を少し後悔しているかのように。

イロナの予想が大当たりしたようだ。

ため息をついてしまうあたり、予定していた違約金が入らないことで、何かの資金繰りが上手くいかず、決定を後悔しているのだろう。それに私が関係していなければ、お父様もこちらの様子をうかがうような目を向けてはこないはず。

「綺麗に始末がつくなら、よかったですわ」

私はいったん引き下がり、チーズを口に運んで、水を飲む。丸パンにはうすくジャムを塗り、ふわふわの食感を楽しみながら一個をたいらげた。

「…………」

お父様は、そんな私をちらちらと気にしつつ、サラダを口に運んでいる。

そんなお父様に私は爆弾を落としてみた。

「ところで、マルグレット伯爵がとても評判の悪い方だと聞いたのですが」

「ぐふぉっ！　ごふっ！」

お父様がサラダを飲み込みそこねて咳込《せき》んだ。

しかし私は手を緩めない。

咳が治まって私の言葉が届くようになるのを待ち、続けた。

「以前いた奥様は二人とも、結婚して間もなく離縁されたとか。一人なら性格が合わなかったと思えますが、二人となればちょっと疑いますでしょう？」

「リヴィア。マルグレット伯爵はお前を大切にすると誓ってくださったのだ。私はそれを信じようと思ったのだよ」

お父様はそう言うが、自分の言葉を信用していない感じが、さまよう視線から見てとれる。

「口先だけなら、いくらでも良いことが言えますよね」

「リヴィア。あまり人のことを悪く言うのは感心せんぞ」

そう言って、お父様は朝食の席を立ってしまった。

せこせこと逃げるように部屋を出ていく。

……これ以上は聞いても教えてはくれまい。お父様は妙なところで口が堅いのだ。

なので私は予定通り、収支の帳簿を見ることにする。

お父様が出かけた後、私は家令のゲイルと一緒に帳簿を検証した。

お父様は忘れているみたいだけど、私、帳簿の見方はゲイルから習っているのだ。

教わったのは、お姉様方が家を継がないことが濃厚になった時だ。

よそから迎えた夫に財政の全てを任せきりになるのも不安だからと、「帳簿の見方を、初歩的なものだけでも教わっておきたいんです」とお父様に申し上げて、ゲイルから教えてもらう許可をもらっていた。

ただ、私は初歩的なもので済ます気はなかったし、ゲイルもその頃婚約者として決まりかけていたフェリクスに、少々不安を感じていたらしい。

……不真面目《ふまじめ》ではないのだけど、少し軟弱そうな感じがしたようだ。（当時のゲイルは、それを「情に流されやすそうな方」とやんわりとした表現をしていたけれど）

そこで万が一の場合には、私に家の采配《さいはい》を振ってもらえたらと考えた。

ゲイルと私の利害が一致し、私はきちんと帳簿をつけられる程度まで、彼から手ほどきを受けている。なので帳簿を見ればおおよそのことがわかるようになっていた。

ゲイルと一緒に帳簿を検証する。

しかし何も見つからない。

例年とほぼ同じくらいの金額が並ぶ帳簿と、去年よりはちょっと少ないくらいの資産額を眺めてため息をついた。

「お嬢様、旦那様が今この時に金策に苦慮するとしたら、おそらく帳簿には書いていない出費があって、隠しているのではないでしょうか。たとえば賭《か》けで大負けなさったとか」

「そうかもしれないわ……」

ゲイルの推測に、私は同意した。

パーティーでは、同性だけで集まって談笑することも多い。その時男性達はゲームに興じ、女性達はお茶やお菓子とおしゃべりを堪能しているのだ。

男性達のゲームに、賭け事はつきものだと聞いたことがあるし、それで身ぐるみはがされそうになって、相手の子爵に逆らえなくなった侯爵の話も耳にした。

お父様も、そうなってしまったのかも。

でも現場を見ていないので、お父様がどれくらい負けたのかがわからない。

それに以前のお父様は帳簿をごまかして、負けを補填《ほてん》していた。あの時は、お父様秘蔵のステッキを一本売りに出させて解決したのだけど。

今回は帳簿にすら書かないということは、ゲイルにさえ知られたくないのだろう。いったいどれほどの金額なのか……。

「娘を差し出すほどなら、とんでもない金額よね？」

とにかく金額が気になる。それがわからないと、対処のしようがない。

ので、私はお父様の従者の一人から事情聴取することにした。

昨日より前にお父様が出席したパーティーでことが起こったはずだ。そこに随行した従者なら、何か知っているだろう。

ゲイルの方で記録を調べ、該当する従者を呼び出すことにした。

そうしてやってきた従者のロンは、部屋の扉を開いた瞬間、硬直した。私とゲイルが手ぐすね引いて待っていたので、驚いたのだろう。

別に仁王立ちしていたわけではない。私は部屋のソファに腰かけていたし、ゲイルは座るのを遠慮し、横に立っていただけだ。

でも私の将来に関わる重要な情報を得るため、気合が入った表情をしていたかもしれない。それをロンは察したんだと思う。

が、逃げたところで仕方ないと考えたのか、やや覚悟を決めた様子で部屋に入り、扉を閉めた。

「さてロン。あなたに聞きたいことがあります」

家令のゲイルが口火を切った。

「四日前、旦那様が出席されたヴェンデッタ伯爵家のパーティーでのことを教えてもらいたい。たいそう酔ってお戻りになったたが、その日に何か旦那様がおかしなことを口走ったりしていなかったか？」

「え……」

ロンの顔がさっと青ざめた。

これは間違いなく、何かを知っている。私とゲイルは目を合わせてうなずいた。

「正直に話してくださいロン。あなたが話したとは、旦那様には言いません。お嬢様がご自身で他の貴族の方々から聞いたことにしますから」

「約束するわロン。だから教えてほしいの。私このままでは……とんでもない方と結婚することになってしまうわ」

私はうつむき、涙も出ていない目の端をこする。

ロンがはっと息を呑んだ。そうして苦悩するように右手を握りしめた。

……なんだか私に悪いと思ってくれていそう？　にしても、そんなに苦悩するような内容なの？聞くのがちょっと怖い。

「ロン。これでどうですか？」

その時ゲイルがロンに見えるように、ソファの前のテーブルに一つの紙箱を置いた。綺麗な赤いリボンがかけられた紙箱には、キャンディーを抱えた猫の封蝋《ふうろう》が押されていた。

「こ、これは……！」

「お嬢様のお心遣いですよ」

「あなたの好きなマーガレットが、愛してやまないお菓子よ。これを差し出せば、マーガレットもきっとあなたに好印象を抱くでしょう」

わいろのつもりで、ちょうどエリスからもらったこのお菓子を用意したのだ。これでロンがほだされてくれればと思ったら……。

「う、ううっ」

後悔にさいなまれる表情で、ロンがその場に膝をついた。

「え、ロン？」

「すみませんお嬢様！」

ばっとロンはその場に手をつく。私に平伏するかのように。

「俺がマーガレットのことを片思いしてのほほんと暮らしていけるのは、全てお嬢様の犠牲のおかげだというのに！」

「犠牲って、なんかおおごとっぽい？」

どうも私、かなり悲惨な状況になってるようなんだけど……。なんか本気で聞きたくなくなってきた。けれどその前にロンが白状してしまう。

「旦那様が酒に酔った勢いで参加した賭け事で、数人に陥《おとしい》れられたらしく……。結果、旦那様が負けまして……」

「それで、どれくらいの金額が必要になったんですか？」

「その……最初は領地を」

「領地⁉」

思わず声を上げてしまう。

貴族同士なのだから、領地がどれほど重要なのかわかっているだろうに、なぜお父様は領地を賭けの対象にしたのか。

するとロンが焦《あせ》って弁護した。

「旦那様はそこまでは賭けていなかったのです！　ただ、旦那様の他の貴族方が悪乗りして自分の領地を賭けたせいで……。負けたのだから、同じものを差し出せと言われたらしく」

「…………」

「困った旦那様に、勝った貴族の一人が提案なさったのです。『ご令嬢と結婚させてくれるなら、すべてなかったことにしましょう』と」

「それはマルグレット伯爵が？」

だから結婚の約束を受け入れたのかと思ったが、伯爵はもっと巧妙《こうみょう》だったようだ。

「旦那様によると、最初にそう言ったのは別の貴族で。まだ二十代の方だったそうです。それほど金銭的にも困っていない家で、奥様を数年の闘病の末に亡くされたらしいのですが、その間献身的に尽くしていた人だからと……。それならお嬢様も大事にしてくれるのではないかと、旦那様は思ったそうなのです」

「ああ……なるほど。読めてきましたよ」

ゲイルがため息をつく。

「旦那様が同意してから、マルグレット伯爵が『それなら自分が結婚したい』と言い出したのでしょう。そしてお嬢様との結婚を言い出した貴族は譲ったと」

ロンはゲイルの推測を聞いて目を丸くした。

「どうしておわかりになったのですか?」

私もゲイルに視線を向ける。

「でなければ、相手がマルグレット伯爵になっているわけがありません。そして一度了承した以上、旦那様もダメだとは言えなかったのでしょう。そしてもう一つ推測できますね」

ゲイルは困った表情で言った。

「おそらくこれは最初から仕組まれていたことでしょう。酒を飲ませて賭けをするところからずっと。そして最初に結婚したいと言った貴族もグルですね。マルグレット伯爵が最初に結婚を持ちだしたら、旦那様はうなずかなかったでしょう。平民になる道を選ぶことを覚悟したはずです。でもその逃げ道を塞ぐために、旦那様がうなずきそうな人間に、何らかの見返りを餌に最初に結婚の話を出させた……」

「なるほど。その奥様の看病をしていた方は、借金か何かの弱みをマルグレット伯爵に握られているのかもしれないわね」

高価な薬は、貴族であっても使い続けるのは難しい。財政難になって、夜逃げする貴族の話も聞いたことがある。

その貴族は、お金をねん出するため、マルグレット伯爵から借金をしたのではないだろうか。

「しかしこれほど周到に仕組まれたのでは、借金を返すと言っても断るのは難しいかもしれませんね。それで旦那様も、どうしようもなくなったのでしょうが……」

たしかに、あちらからも簡単には断ってくれないだろうとわかる。

「それでも、まずは行動してみましょう。幸いうちの領地の資産価値などあまり高くないわ。マルグレット伯爵にそこを言い含めて、ある程度のお金で解決してもらうように交渉してもらわなければ……お父様に」

私とゲイルは、そのままの勢いでお父様の執務室を襲撃した。

おかしいと思って、あのパーティー中に知り合いに聞いて回って推測したのだと言い、マルグレット伯爵と私を結婚させることにした経緯について詰め寄ったのだ。

「すまなかった……リヴィア」

罪悪感でいっぱいだったお父様は、すぐにそれを認めた。

なので私は「マルグレット伯爵と一度交渉してください」と言って、うちが今出せるお金を記載した書類をお父様に渡した。

「これと、来月にもらえると言っていたフェリクスの家からの婚約の違約金を合わせれば、うちの領地を管理して出る利益数年分よりも多いはずです。これで交渉してください！」

迫ると、お父様は「わかった」とうなずき、次の日伯爵の元へ急いで出発した。

「これですぐに諦めてくれればいいのだけど……」

「やや楽観的かと」

私の希望的観測に、ゲイルが直截《ちょくさい》な感想を口にした。

やっぱり？　と思いつつ、私はだめだった時の対策を練りつつ……一応セリアンにも手紙で詳細を知らせた。

それからもっと高い金額を請求された場合に備え、私は質に入れられそうな品を紙に書き出してみた。

お父様の宝石がついた杖とか、お父様の部屋にいくつかある壺とか、大事にしている絵画。

亡きおばあ様から譲り受けた宝石も、値段が高いものは売り払おう。孫が不幸な相手と結婚するよりはと、ご理解くださる……はず。

それで足りなければ、この王都の館を売り払ってもいい。領地に引っ込めばそうそう必要ないのだし。もし王宮に呼ばれるようなことがあったら、その時だけどこか小さな館を借りて間に合わせればいい。

「これで領地の収入の五分の二ぐらいにはなるかしら」

返済額に足りなくても、これだけあれば残りを猶予《ゆうよ》してもらう交渉もできるはず。

ちょっと肩の荷が下りた気分になった。

これでも足りない場合に備えて、私はマルグレット伯爵に嫌われる方法も考えておく。

そんなことをしていると、やがてお父様が帰宅したようだ。

馬車が家の前に到着した音を聞き、私は玄関ホールまで駆けつけた。

館の中へ入ったお父様は、あまりひどい顔色ではないものの、素直に喜びきれないような微妙な表情だ。

「どうでしたか？」

でも話し合いの感触は悪くなかったのだろうと期待して、私は尋ねた。

「ああ。一応話を聞いてくれて……。後日回答させてくれと言われた。少し考えたいのだと」

そこまで話して、お父様はふっと緊張がほぐれたように長く息をつく。

「頭ごなしに拒否をされなかったのだから、少しはこちらの提案に応じてくれる可能性はある。とりあえず待とう」

「わかりました、お父様」


マルグレット伯爵から連絡が来たのは、その二日後だった。

話があるからご令嬢と一緒に来てほしいと言われたらしく、お父様と私はさっそくマルグレット伯爵の館へ向かった。

「チャンスだわ……」

先方の家に訪問して『やらかす』分には、他の貴族に私の粗相が知られる可能性は低い。

これなら、マルグレット伯爵が私を嫌うような行動が沢山できる！

上手くいけば、マルグレット伯爵が「こんな女と結婚できるか！」と思ってくれるように仕向け、金銭で解決できるようになる可能性は高い。

同時に、マルグレット伯爵がとんでもないことをされたと吹聴《ふいちょう》しても、普段淑女らしくしている私と落差がある状況であればあるほど、「まぁ、そんなことございませんわ、おほほほ」と否定しやすい。

……その時には、エリスやお友達に救援要請をしましょう。一人では無理だわ。サロンの皆様にも協力していただいて、手を貸してもらえればなおいい。

（さて、マルグレット伯爵に何をしましょうか）

馬車の中で、私はじっくり考える。

既に候補はいくつかある。その中でも、なるべく『うっかり』という形で実行し、私に非がないようにしたい。

そこでふと思い出したのは、先日、私に失礼なことばかりしてきたシャーロットのことだ。

（お茶をかける案を採用しようかしら？　でもあの方高齢だから、熱湯がかかったショックで心臓が止まりそう……。水を頼んで、足がもつれたふりをしてコップごと投げつけた方がいいかも？）

他にもいくつか案を検討したところで、マルグレット伯爵邸へ到着した。

マルグレット伯爵の館は、王都の中でも権門の貴族家の館が並ぶ一角にある。

王都内の館なので、通常、それほど庭を広く作ることはできない。でも古くからある家などは、王宮に近い場所でも広い敷地を確保して、馬車で一周するにも時間がかかるほどの庭を持っている。

マルグレット伯爵邸もそんな館の一つだった。

ちなみにサロンを開いているレンルード伯爵夫人の館も、マルグレット伯爵邸のように広く、畑や花壇をいくつも作れる広さがある。

私は馬車の窓から庭の広さを眺めつつ、畑が作れたらあれもこれも作れるのに……と想像してしまう。

ついでに心の中で密かに決意した。

もし婚約しなくてはならなくなったら、この庭全てにはびこるように、ミントを植えてやろうと。庭は荒れ放題になるし、誘引された蜂が飛び交うのだ。伯爵は蜂に刺されたらいいと思っている。

館の前に馬車が到着しお父様の手を借りて降りると、すでに待機していた家令らしい人物と召使い達が一礼した。

「いらっしゃいませ、フォーセル子爵様、リヴィア様。主《あるじ》がお待ちしております」

招かれて私とお父様は館の中へ入る。

マルグレット伯爵の館の内装は、外観と同じく重厚な雰囲気の落ち着いたものだった。さすが王都に広い館を構えられる、古い家柄。成金趣味だったり、理解できない前衛的な色や調度で埋め尽くされた家ではないようだ。

しかし家主がおかしな人なので、差し引きでマイナスな印象だ。私にとっては恐怖の館でしかない。

私はお父様と一緒に居室へ案内される。

広々とした室内は、暗いえんじ色の壁紙が張られている。お茶ができるテーブルと椅子が奥の窓際に、その手前に数人ずつ座れるソファが向かい合わせに設置されている。

マルグレット伯爵はソファで待ち構えていた。お客が来ても座ったままの、傲岸不遜《ごうがんふそん》な態度に（これは世界がひっくり返りでもしなければ、気が合わない人だわ）と改めて鬱々《うつうつ》とした気分になる。

が、「結婚はなしにしてもいいでしょう。そちらの提案をのみます」という回答が来ることを期待して、表情が変わらないようにこらえた。

伯爵は、そのまま私達に声をかけた。

「お待ちしていましたよ、フォーセル子爵。そしてリヴィア嬢」

伯爵の視線が私に向いた瞬間、ぞわっとした。会わない間にも、私の中の嫌悪感が醸成《じょうせい》されていたみたい。

「ありがとうございます」

お父様が応じ、私と一緒にソファに座る。

「先日はお話を聞いてくださってありがとうございます、マルグレット伯爵殿」

「義父にと考えた方の頼みですからな、話の一つや二ついくらでも聞きましょう」

お父様がにこやかに言うが、伯爵は調子のいいことを言いながら、笑みを浮かべもしない。

……話は聞いたけど、伯爵はやっぱり結婚の話を取り下げる気はない……ってこと？

と思ったら、マルグレット伯爵が側にいた従僕に指示して、一枚の紙を持ってこさせた。

「しかし考えているうちにですな。あらかじめ王家に願い出ていた物が届きまして」

「物？」

マルグレット伯爵は楽し気に、紙をテーブルの上に置く。

「結婚証明書ですよ」

「は⁉」

お父様が目を丸くし、私は息を呑んだ。

発行には二週間はかかるものなのに、もう届いた⁉

（セリアンの言う通りだ……）

あの時は信じなかったけど、セリアンの危惧《きぐ》が当たったようだ。

それにしてもセリアンは、どうしてマルグレット伯爵が結婚証明書を早々に取り寄せることを推測できたんだろう。

驚いた一方で、セリアンから話を聞いたことで、念のためその想定をした私は少し冷静でいられた。お父様は二の句が継げない様子だったけれど。

マルグレット伯爵はにやりと口の端を上げている。

「すぐに結婚したかったので、つい早めに取り寄せてしまいましてな。証明書が出た以上は、王家もこの結婚を知ったということ。であれば、取り消すのも難しいことですからな」

そうして、マルグレット伯爵は私に今すぐ署名をしろというように、結婚証明書を指先でこちらに押してきた。

「一応私の方は署名いたしましたよ。結婚を望んでいることを、これで実感していただけると思います。むしろ署名いただければ、結納金をお渡ししてもいいと思っているぐらいです」

お父様が、マルグレット伯爵の発言に心揺れたのを感じる。

でもこの人の場合、署名をしたところで言ったことを実行してくれる保証もないのだ。

絶対に署名なんてするもんですか！

「では、家で心を静めて書いてきますので……」

「署名するお気持ちがあるなら、ここで書いてもらいたいのだが、リヴィア嬢」

想定していた対策をとろうとしたら、マルグレット伯爵に拒否された。

家で紛失したと言って燃やすつもりだったのに……。

けれど私は別の方法を思いついた。

マルグレット伯爵に悟られないように、少しうつむき、小さな声でお願いする。

「では……ペンを」

「もちろんだ」

マルグレット伯爵は喜色がにじむ声で、近くにいた召使いにペンを持ってこさせようとする。

その間に、別の召使いがちょうどお茶を運んできた。

お茶がテーブルに並べられ始める。その時、ちょうどペンがやってきた。

「お嬢様、こちらをどうぞ」

女性の召使いが差し出すペンを受け取る……ふりをして、私は勢いよく立ち上がり。お茶を並べている最中だったもう一人の召使いにわざとぶつかる。

「きゃあっ」

召使いが驚いて声を上げた。

そうして盆の上のカップをテーブルの上に落としてくれた！

盛大に紅茶が卓上にぶち撒けられる。カップも落ち、お父様が驚いて声をあげながら立ち上がった。

そしてお茶はしっかりと、結婚証明書を茶色に染めていく……！　よしもう一押し！

「あらいけない！」

私は急いでハンカチを取り出し、

「おい！」

マルグレット伯爵が止めるのも聞かずに、証明書をこするようにして、書かれていた文字をにじませて台なしにした。

マルグレット伯爵の署名どころか、王家側で書いた文字もにじみ、しかもお茶がしっかりかかったところを力を込めて拭いたので、思い切り破けた。

よし、完璧！

「なん……なんてことを……」

お父様は結婚証明書と私を見比べて、口をぱくぱくさせている。娘が署名を阻止したことは理解したけれど、こんなに堂々とやらかすとは思わなかったのだろう。

申し訳ないけれど、私にはこれしか思いつかないので。

「ああ、ごめんなさい！　拭いてしまったらこんなことに……」

私は衝撃《しょうげき》を受けたフリをしつつ、心の奥底からスッキリとしていた。

こんな破けたりお茶がしみ込んだり、文字までにじんだ結婚証明書を王家に提出はできない。もう一度取り寄せて、署名をし直すしかないだろう。

よって、私はあと二週間の猶予を勝ち取ったわけだけど。

（なぜそんなにも急いだのかしら）

マルグレット伯爵は、お父様に借金を背負わせる前から結婚証明書を用意していたはずだ。どうしてそんなに早く？　王家には当然、こちらも了承しているという文書を偽造しているのだろうけれど……。

不思議に思う点はあったものの、とにかく二週間は確実に結婚証明書に署名することはできなくなった。物理的に。

それに再度証明書をくださいと頼んだら、王家もさすがに不快感を示すんじゃないのかしら。大切に扱ってしかるべき王家の印を押した書類を、使えない状態にしたのだもの。

そして私は、再発行をされないように、ここで一気に嫌われておくべく頑張ろう。

「ああ本当に申し訳ありません！　どうしましょう。乾かせばいいかしら？」

テーブルから取り上げるべく手を伸ばした私は、そうと見せかけてお父様のカップに自分の手をぶつけた。

「あ！」

結婚証明書を台なしにされ、渋い表情をしていたマルグレット伯爵は、カップが倒れたのを見て身を引いた。しかし避け切れずに膝の上にお茶のしぶきが少しかかった。

ついでにお父様にはより多くのお茶がかかってしまった。

……熱くはなかったみたい。そもそもお茶の温度が低かったのか、それとも私が証明書を紅茶浸しにしているうちに、少し冷めていたのかはわからないけど。

伯爵は厳しい表情で、自分の膝を見つめる。

「り、リヴィア！　なんてことを！」

衝撃を受けて叫んだのは、お父様だった。

「本当に申し訳ありませんマルグレット伯爵！　とんでもない粗相ばかりする娘でして。その、よく叱っておきますので！」

立ちあがって頭を下げて謝るお父様の横で、私も頭を下げげつつ、笑って誤魔化すことにした。

怒っている時に笑って誤魔化されるのも、なかなか腹立たしいものだ。たとえ困った末に笑うしかなくなったのだとわかっていても。ついでに心底私を嫌ってくれるといい。

マルグレット伯爵はしばらく黙った後、ようやく口を開く。

「とりあえず濡れた衣服を拭いてはいかがかな？　よければ代わりのものを貸しましょう。フォーセル子爵」

「は、でもそういうわけには……」

迷惑をかけたのはこちら側なのでと、お父様は断ろうとした。でもマルグレット伯爵は早々に召使いに指示をしてしまい、お父様は別室へ連れていかれる。

そうして私は、伯爵家の召使いがいるものの、マルグレット伯爵と一人で相対することになった。

怒鳴られるかしら。

内心でびくびくしながらも、それで目的が達成できると肩の荷が下りる気がしていたのに。

「ふ、くくく」

マルグレット伯爵は笑いだした。

ぎょっとする私を、ニヤっとした笑みを口元に浮かべた伯爵が見る。

「私を怒らせようとしたのだろう、リヴィア嬢？　しかし浅はかだったな」

なおも笑う伯爵に、私は何と言ったらいいのかわからない。

そうですと肯定して、普通に嫌ってくれたら嬉しいのだけど、マルグレット伯爵が意地になってしまったらどうしよう。

考え込んで何も言えずにいると、マルグレット伯爵が立ち上がって私に近づいた。

危機感から、私も立ち上がって数歩マルグレット伯爵から離れる。

「怒らせてもお前の運命は変わらない、リヴィア嬢。私はお前を手放す気はないのだからな」

その言葉と一緒に、マルグレット伯爵から心のポエムが聞こえてくる。

『ああ、その怯えた表情が実にいい。お前は私の理想、もっと怯えておくれ』

『もっと抵抗するがいい。逃れられぬカゴの鳥になった自分を知って、もっと絶望したその顔を見られるのが楽しみだ』


……ひぃぃぃっ⁉

嘘でしょ⁉　怯える表情が気に入ってるらしいけど、そんな怖い発想の人はお断り！　年の差以前の問題よ！

でも心の声が聞こえることは口に出すわけにいかない。

「ど、どうしてそんな。後妻が必要でしたら、私みたいな粗暴な人間ではなくてもよろしいのでは？　この調子では私、今後も何をするかわかりませんし、家名をそこなうようなことをするかもしれませんわ」

迷惑をかけた私を手放さないというのは、どうしてなのか。そこを突っ込んでみたのだけど。マルグレット伯爵は楽し気な表情のまま答えた。

「後妻は親族に必要だと迫られてな。しかし無視していたんだが、お前を見て結婚してもいいだろうと思ったのだ」

「……⁉」

なんで私！

「たまさか見かけたひきつった表情が、最初の妻に似ていてな。さぞ私を楽しませてくれるだろうと思ったのだ」

やだこの伯爵、本気で頭がおかしい！

「それに女ならばなおさら、結婚後に思い知らせることで大人しくなるだろう。お前は強く押さえつければ大人しく従う気質だ、と聞いたからな」

「え……？」

私の気質ってどういうこと？　お父様が、そうしたら私は従うと伯爵に話したということ？　でもお父様には私、押さえつけても無駄なじゃじゃ馬だと思われているとばっかり……。

わけがわからない状態なのを察したのだろう。マルグレット伯爵が親切にも教えてくれた。

「お前の知人ではないのか？　シャーロット・オーリックがそう言っていたぞ」

ま、またここでシャーロット⁉

なぜ⁉

ぼうぜんとしていたら、そこにお父様が戻ってきた。

マルグレット伯爵はお父様に言う。

「結婚証明書が使えなくなったのは残念でしたが、再発行はできますしね。それとは別に、早々に婚約を発表しましょう、子爵」

「え、婚約は破談になさらないので？」

お父様も、さすがにお茶をかけるような暴挙に、婚約が破談になると思っていたようだ。目を丸くしている。

そんなお父様に、マルグレット伯爵は悪意のにじむような笑みを見せる。

「ええ、破談にはしませんとも。せっかく大金と引き換えに、理想的なお嬢さんを手に入れられるのですからな」

お父様はその言葉に身震いした。私への執着を感じたからだろう。

そのままマルグレット伯爵は、強引に婚約を発表する日取りを決めようとする。お父様はなんとかそれを、後日に……という形にしようと奮闘していた。

ちなみに伯爵は、さっきのことで私が『もう逃げられない』と覚悟したと考えてか、私のことは完全に放置だ。

でもその通りだった。

(……詰《つ》んだわ)

抵抗すればするほど喜ぶ変態なんて、どうしたらいいのかわからない。もうこのまま、結婚するしかない……?

想像すると、怖気《おぞけ》がするのと同時に、怒りを感じた。

こんな結婚に追い込まれてしまったのも、そもそもは婚約を壊したシャーロットのせい。

セリアンの申し出を受け入れられなかったのも……。いや、そこは私の意気地のなさのせいだ。

周りからあれこれと言われるのが怖くて、もっと穏やかに過ごせる方法があるはずだからと手をこまねいた。

あげく、シャーロットがセリアンに執着しているとわかって、逃げたのだもの。

でも逃げなければよかったというものでもない。セリアンは私のせいで、二重に迷惑をこうむることになる。

改めて考えても、どっちへ転んでも何かしら問題があるわけで。

でもそこでセリアンの言葉を思い出す。

「困ったらすぐに僕を呼ぶのを、忘れないように。……ささいなことでも、僕に報告してくれるね？　君を救うためにも」

「……約束したものね」

セリアンに迷惑がかからないよう、結婚証明書についてだけ報告して……私はあらかじめ考えていた次の手を打つことにした。

閑話二　セリアン

「あら、めずらしい方がいるわね」

薄青の石を使った宮殿を望む庭で、そんな声が聞こえて僕は足を止めた。

ブルネットの髪を結い上げ、薔薇の花を飾っているその女性は、妖艶な顔立ちをしていた。さらに数人の、紺のお仕着せ姿の召使いを引き連れている。

王宮内でそれができる人間は限られる。

目の前にやってきたのは、第一王女アレクシアだ。

僕は黙って会釈《えしゃく》した。

アレクシア王女は召使い達を少し遠ざけ、こちらに数歩近づく。

「聖域から俗世へ戻るというのは、どんな気分になるのかしら？　セリアン」

「そうですね。人生を送る舞台が、懐かしい場所になった……と思うぐらいでしょうか」

「あまり面白くない返事ね」

アレクシア王女はやや拍子《ひょうし》抜けしたような表情になる。

「兄のことが絡みますので、面白いという感情が湧くようなものではございませんから」

兄のことを持ち出すと、事情を聞いているらしいアレクシア王女が眉をひそめた。

「お体はそれほど……？」

「命に別状はございません。けれど、今後務めを果たすには、支障があるのではないかと考えているようです。あとはゆっくり暮らしたいという希望もあるようで」

「忙しかったものね……。お兄様が飛び回りすぎるせいだけれど」

ふぅと息をついたアレクシア王女は、そのままぽつりとこぼす。

「そんなだから、変な女に引っかかりやすいのよね……」

「テオドール王太子殿下は、しばらくは王国に滞在するとお聞きしましたが」

「そうよ。他国へ訪問させたら、変な娘に気を引かれてしまったみたいで。側近達が大慌てで帰国させたらしいわ。あれはもう、強制的に誰かと結婚させるべきね」

自分の兄。しかも王太子のことだというのに、アレクシア王女は辛辣《しんらつ》だ。

仕方ないと僕は苦笑いする。王太子は昔から女性に弱すぎるのだ。王女の言う通りに、その辺りを管理できるような女性とさっさと結婚させるべきだろう。

「泣き落としが上手な女性を選ぶべきかもしれませんね。支配したがる性質の方だと、反発するかもしれません」

僕がそう言えば、アレクシア王女は片眉をきゅっと上げた。

「それとなく、お父様のお耳に入れておくわ。で、あなたはどうしてこんなに急いで還俗したの？なんでも、あなたからお父上に嘆願したそうね？」

尋ねるアレクシア王女の目が、きらきらと輝いている。冷静な王女らしく振る舞っていても、噂好きなのは他の女性と変わらないようだ。

だが素直に話すつもりはない。

「内緒です」

微笑んで言えば、アレクシア王女はつまらなさそうに唇を尖《とが》らせた。

「教えてくれてもいいでしょう？　あなたが知りたがっていたことを、調べてきたのだから」

「調べてきた……だけで済んだのですね？」

僕の問いに、アレクシア王女はうなずいた。

「ええ。結婚証明書は再申請されていたわ。私がこっそりと握りつぶす労力はいらなかったようね。その再申請については、今止めさせているわよ。でも二週間が限界ね。問い合わせが来たら、さすがに誰が書類を止めさせているのか追及されてしまうし、お父様にも申し開きしなければならなくなるから」

僕はアレクシア王女に深々と一礼する。

「臣の願いをお聞き入れくださり、誠にありがとうございます、殿下」

「そこまでかしこまらなくてもいいわ。ただ……代わりに教えてもらいたいのだけど？」

「何をでしょう？」

問い返すと、アレクシア王女は口の端を上げた。

「リヴィア・フォーセル子爵令嬢の関係で、あなたは還俗を急いだのね？　どこからか、マルグレット伯爵が結婚証明書を申請したと聞いて……そうではないの？」

「秘密ですよ」

僕は、微笑みつつも素っ気《そけ》なく応じた。

しかしアレクシア王女にとってはその返事で十分だったのだろう。楽し気に笑う。

「そういうことなのね。予想外の組み合わせだわ」

ひとしきり笑い終わった王女は、ふっと息をついた。

「なんにせよ、気に入った相手と一緒にいられる努力ができるだけでも素晴らしいわ。私なんてまだ誰に嫁ぐか決まっていないし、基本的に外へお嫁に行くのですもの。結婚後でなければ努力も何もできないから……」

「けれど、外国へ嫁がれるのは嫌ではないとお聞きしましたが？」

「ええそうよ」

アレクシア王女はうなずく。

「私、この青白い陰気な色の宮殿はあまり好きではないのよね。だから嫁ぐ先は、もうちょっと楽し気な所がいいわ。あと、後ろ暗くない家。そういう意味では、あなたの兄が相手に選ばれなくてよかったと思ってるわね」

アレクシア王女の希望を聞いて、僕は喉奥で笑う。

「後ろ暗くない王家などあるものですかね？」

他の国だって、何かしら後ろ暗い事情の一つや二つ抱えているだろう。言い返せば、アレクシア王女は肩をすくめた。

「だからせめて、陰気じゃない色の宮殿がいいと思っているわ」

「暖色系……砂色のハザールの宮殿でしょうか？」

砂漠地帯の国にある、砂岩で作られた宮殿ならば少しは温かみを感じる色だろう。そう思って提案したが、アレクシア王女は苦笑いする。

「あなた本気でそれを言っているの？　あまりに文化が違いすぎる国は、暮らしにくいから遠慮したいわ」

「お気持ちはわかります」

そう返した僕に、アレクシア王女はいとまを告げてその場から立ち去る。


僕は館へ戻った。

「お帰りなさいませ、坊ちゃま。最優先と指示されておりました方からの、お手紙を預かっております」

出迎えの挨拶も早々に、待ち構えていた家令のヨシュアが一通の封書を渡してくる。

ヨシュアの言葉で、どこからの手紙かを察し、その場で開封して読んだ。

そうして反転して扉に手をかける。

「もう少し出てくるよ、ヨシュア」

「またお出かけになられるので？」

ヨシュアに尋ねられて微笑んでみせた。

「未来の奥さんを守るため、今はちょっと忙しい時期なんだ」

六章　私の夜逃げ計画

マルグレット伯爵の屋敷を訪ねた翌日、私はイロナを連れて出かけることにした。

というか、こっそりと出かけたかったのだけど……さすがにすんなりとはいかない。すぐにイロナや家令のゲイルに見つかってしまった。

そうして説得されたのだ。「いくら嫁ぎ先がひどい所とはいえ、自暴自棄《じぼうじき》になってご自身の価値を落とすようなことはなさらないでください」と。

貴族女性が召使いの一人も連れずに歩くなど、とんでもないことだからだ。周囲にそれが知れたら、やましいことをしていると噂になってしまう。

……私としては、もうそのあたりはどうでもよかったのだけど。

「でもイロナ。ちょっと教会へ行くだけなのよ？」

貴族女性が訪問してもおかしくはない場所。世俗から離れた空間だからこそ、女性が一人で訪ねても目くじらを立てられにくい。

「ダメです」

却下するイロナは、とても心配そうな表情をしていた。

これは……。まさか、マルグレット伯爵との結婚に絶望した私が、人知れずどこかで身投げをするとか、そういうことを考えてる？

お父様が監視を指示するわけがないし……。なにせ「すまない、すまない」とだけ言うオウムになっていたし、自由にしていいと言っていたもの。

しかしイロナが頑なになってしまうと、私では覆《くつがえ》せない。

なので彼女を連れて、私はその教会を訪問した。

目的の教会は、王都の東にある。

国教となっているマディラ神教は、王都中心部に大聖堂もある。

でも私が訪問したのは、大聖堂とは比べものにならないほど小さく、こぢんまりとした教会だ。

灰色の石組みでどっしりとした造りだけど、周囲は手入れをせずに済むように庭などがなく、塀に沿うようにまばらな木立があるだけだからか、やや陰気な感じがする。

大聖堂では庶民が入りにくいのと、貴族が冠婚葬祭で使うと出入りを制限されてしまうので、気軽に入れる小さめの教会が、王都には東西南北に造られている。

私は教会の入口で付き添いのイロナに待っていてもらい、中に入る。

教会の扉を開けると、そこは礼拝堂だ。

中央を貫く身廊《しんろう》の奥には祭壇がある。

「誰もいない……」

修道士でもいれば声をかけて、会おうとしている人を呼んでもらおうとしたのだけど。さてどうしたものか。

そう思っていたら、祭壇に近い扉から、一人の司祭が入ってきた。

短い茶色の髪を七三に分けて黒い帽子を被り、黒の裾の長いローブを着て、青のストールを肩から斜めにかけている。体格は中肉中背。眼鏡をかけ、どこにでもいそうな顔をした中年の司祭だ。

外面だけなら、だが。

司祭は私に、愛想よく笑顔を浮かべてみせた。

「お嬢さんからご訪問いただけるとは……。お久しぶりですね」

「ええ、二年ぶりくらいでしょうか、ヤン司祭。というか、こちらの教会へ伺うのは初めてですが」

応えると、ヤン司祭は目を猫のように細めた。

「そうですね、フォーセル子爵領の教会でお会いして以来です。さて、今日は何か面白い話を持ってきていただけたのでしょうか？　あなたの失敗談ですとか、お父上の秘密ですとか、他の貴族の方々の秘密でもいいですね」

ニヤニヤとするヤン司祭の言葉に、私の頬がひきつる。

……こういう人だとはわかっていた。幼少期から交流（？）があるのだもの。

ヤン司祭はとにかく人の秘密を知りたがる。

誰の秘密でもいいのだ。それを知ってどうするかというと、ただ知識欲が満足し、その当人を見る度に思い出して楽しむだけらしい。

めったなことでは他人に話したりはしないものの、趣味が悪いことには違いない。

「今日はもっと面白い話も持ってきました。……ヤン司祭にお願いしたいことがありまして」

しかしこの悪い癖があっても、私の危機的状況を打開してくれるなら、藁《わら》にも縋《すが》りたいのだ。

そして彼が、おいそれと秘密を口外しない相手だということはわかっている。相応の対価があれば、他者の秘密を明かしてくれる人だということも。

取り引きが成立する相手は、信用ができる。

「私の祝福をご存じで、それを約束通りに口外なさらないでいてくださる上……特殊な祝福をお持ちのヤン司祭だからこそ、内密のお願いをしたいのです」

私の言葉にヤン司祭はうなずく。

「よろしいでしょう。私の好奇心に見合うだけの対価をいただければ、手を貸してさしあげますよ。なにせあなたはお小さい頃から、私のいい取引相手でしたしね」

ヤン司祭は思い出すように、天井を仰いだ。

「あれはリヴィアお嬢さんが、十歳の頃でしたか。あなたは私の前でうっかりと大切なリボンを落とし、私は親切心からそれを拾い上げ……あなたの秘密を知ってしまった」

「親切心……？」

そんなものが、この人にあっただろうか。

疑問に思った私は、別にひどくはない。

あの時私が落としたリボンを拾ったことで、ヤン司祭は、私がひた隠しにしていた祝福の能力について知ったのだ。

そう、ヤン司祭は『物が記憶した出来事を読み取れる』祝福を持っている。

正直なところ、子供の物であっても何かしらの人の秘密が覗《のぞ》けると思って、拾ったのではないかと私は疑っているのだ。

なにせ息をするように、秘密を探ろうとする。握手のついでに腕輪に触れてその記憶を覗き見たり、装飾品をほめたたえて手に取らせてもらっては、記憶を読み取るなど。

しかもあの時、私の祝福を知ったとたんヤン司祭は笑い出した。そうしていったい何が起きたのかとぼうぜんとする私に言ったのだ。

「人が考えたポエムが読み取れるなんて、ずいぶん滑稽《こっけい》な祝福ですね！　頭がおかしくなったんじゃないかってぐらい甘ったるいセリフを、そんな子供の頃から聞かされて！　しかも真剣に悩む君もめちゃくちゃ滑稽ですよ」

と。

……本当に失礼な司祭だった。

私はとっても悩んでいたのに、それを笑った上、恥ずかしくて隠したかった祝福のことも笑ったのだ。

涙目になった私は、その手からリボンを分捕《ぶんど》り返し、子供らしい癇癪《かんしゃく》のおもむくまま地面の土を握りしめて、この司祭に投げつけたのだった。

……それで怒りもしなかったことについては、ヤン司祭をとても心の広い人だと思っている。仲良くしたくはないけれど。

その後、土を投げつけた現場だけを見た父によって、ヤン司祭に謝罪するように言われ、告解室《こっかい》で謝罪することになってしまった。

小さな窓だけでつながる壁の向こうで、このヤン司祭は笑って私の謝罪に応じたものだ。

「祝福のこと、黙っていてほしいんでしょう？　それなら年に一度、面白い出来事が見られそうな物を、私に読み取らせてもらえませんか？　口外はしませんよ。誰かによほどの対価を差し出されない限りは」

そう脅し、くっくっくと笑ったヤン司祭を見て、幼少期の私は（悪魔だ！）と思ったものだ。

しかし自分の祝福についてばらされたくはない。

……こういった経緯で、年に一度はこの司祭と会っていた。

ただ最近はヤン司祭と会う間隔が、二年近く間が空いた。私が王都へ引っ越し、司祭はフォーセル子爵領の教会にいたままだったので、物理的に距離が離れたからだ。

しかしどういう手を使ってか、この司祭は王都の教会に異動してきたのだ。

絶対に、上役の秘密を使って異動をさせたのだろう。

「昔の話はけっこうです。頼みたいことはただ一つ」

私は深呼吸してから告げた。

「私をあなたが手を回せる修道院へ入れてください」

「…………」

さすがのヤン司祭も、ぽかーんと口を開けて返答に困ったようだ。

「え……修道女になるおつもりですか？　とうとう人の色恋のポエムばかり聞いて、夢もなにもかも捨てたわけですかリヴィアお嬢さん」

けれどややあって出てきたセリフが、やっぱり失礼だった。こめかみに青筋が浮き出てきそう。

「そういうことではないの。もっと普通に危機的状況なんです。私、このままだと詐欺《さぎ》まがいの手口で、借金の代わりにゆがんだ性癖の老貴族と結婚させられそうなんです。しかも結婚すると、うちの領地が取られるかもしれない危機もセットで。だけど逃げる方法がもう、修道女になるぐらいしか思いつけません」

私が修道女になって結婚できなくなれば、マルグレット伯爵も借金を返済するという形で手を打つしかない。マルグレット伯爵の結婚を自力で避けるには、もうこの方法しかないと思ったのだ。

「ほう……詐欺まがいの手口、ですか」

ヤン司祭はそこに興味を引かれたようだ。

「お父様を酔わせたうえで賭け事で負けさせた、その老伯爵——マルグレット伯爵という人が、借金と引き換えに私と結婚したいと言い出して」

私はその経緯を詳細に語った。

「はぁーなるほど。それはなかなか巧妙な。しかしマルグレット伯爵ですか……。評判の悪い貴族から『娘と結婚させてくれたら借金はなかったことにする』なんて言われて、うなずく貴族もそう多くはないでしょうからねぇ」

「……評判が悪いって、ヤン司祭も知っていらっしゃったんですか?」

私、お父様が騙された話と、私が脅されたりダンスの時の手つきの怪しさについては話したけれど、元々評判が悪いかどうかはよく知らないので、話していないのに。

「以前、そのマルグレット伯爵に借金を背負わされた人物の秘密を覗いたことがありましてね……どこの誰とは言いませんが」

ヤン司祭は、別の被害者と遭遇済みだったようだ。

「で、修道院へご紹介いただけそうですか？」

「どうしても修道院がいいんですか？」

不思議そうに言われて、私は首をかしげてしまう。

するとヤン司祭は別の案を私に話した。

「聖女の認定を受けてはどうですか？　結婚できない理由になりますし、相手も手出しできなくなりますよ」

「聖女ですか？」

マディラ神教における聖女は、なるのが難しい。

人々に貢献できる祝福を持っている者。

もしくは、自分の財産を喜捨することで人々を救った実績がある人が選ばれる。

「私の祝福は、聖女向きではないでしょう」

他人の恋に関するポエムが聞こえるなんて……。

「……そうですかねぇ？」

なのにヤン司祭は、にやりと笑うのだ。変な人だ。

「それより、どうでしょう？　私物を処分して、いくらか寄進《きしん》することはできます。そしてなるべく早く……もう今日すぐに夜逃げ同然で修道院へ行きたいのですが、受け入れてくれそうなところに、お心当たりはありませんか？」

「そうですね……私が頼めば応じてくれるだろうところは、三つほどありますね。その中でもすぐにとなれば、王都郊外のアグレッサ修道院でしたら。のどかな所なので、お嬢さんには向いているかもしれませんね」

「……畑は？」

ここが一番重要だと思って聞けば、ヤン司祭に苦笑された。

「ありますね。畑を担当したいと言えば、大喜びされるんじゃないですか？」

私はほっとした。

修道院はたいてい自給自足に近い生活をしているので、どこも畑を持っているものだ。しかしたまに、書写を専門にしている修道院や、織物や縫物を専門にしているところもある。それで一応聞いてみたのだ。

畑があれば大丈夫。生きていける。

「ところで私に対する報酬は？」

ちゃっかりと聞くヤン司祭に、私は答えた。

そう。寄進に関しては行先の修道院へのものだ。ヤン司祭はおそらく秘密を覗くことを報酬にほしがると思っていた。

「報酬は、その伯爵に関する記憶でどうですか?」

この際、あの気持ちの悪さをヤン司祭にも体験してもらいたい。マルグレット伯爵の裏の顔も人の秘密には変わりないのだから、さぞかし楽しかろう。

そう思ったけれど、ヤン司祭は身震いして自分自身の肩を抱きしめた。

「え、嫌ですよそんな……気持ち悪いじいさんの記憶なんて。悪だくみの話ならある程度楽しめますけど、色欲満載のじいさんの過去の行状だけは見ていて楽しくないですから」

「司祭様にも、そういう感覚はあったんですね……」

「ちょっと失礼じゃありませんかね、リヴィアお嬢さん」

ヤン司祭が抗議するけれど、おかしなことは言っていないはずだ。

私は綺麗に無視して、ヤン司祭に言う。

「では、何と引き換えならこのお願いを受けていただけますか?」

ヤン司祭に選んでもらうしかないと、私は話を振る。

「ふーむ」

少し考えたヤン司祭は、やがてものすごく悪い顔をして言った。

「リヴィアお嬢さんを紹介する修道院。そちらの院長とあなたのやりとりなど見てみたいですね。きっとリヴィアお嬢さんなら、面白いことをしてくれると思うんですよ。それで手を打ちましょう」

「それですか……」

最初から失敗なり、おかしなことをすると期待されているのは、何とも言えない気分だ。

でも私の依頼を受けてくれるのならと、うなずくことにした。

「では、行先の修道院には手紙を書きましょう。すぐに出発したいのなら、辻馬車を捕まえることはできますよ。今すぐ逃亡なさるんですか？」

「すぐに逃げたいんですけど……」

イロナがついてきているのだ。彼女まで修道院へ連れていくわけにもいかない。そしてこうして話している時間の他に、手紙を書いてもらう時間、辻馬車を呼んでもらう時間、追ってこられない距離まで離れる時間のことを考えると……。イロナにはすぐ気づかれてしまうだろう。

「付き人を、家においてから参ります」

「では手紙を書いてお待ちしていましょう」

そう言ってくれたヤン司祭にいとまを告げて、私は教会を出た。

「もうよろしいんですか？」

待ち構えていたイロナには、笑顔で答えた。

「ええ。久しぶりにヤン司祭様とお会いできて楽しかったわ」

「気が晴れたのならようございましたよ、お嬢様」

イロナはほっとした様子で、私を先導し、待っていた馬車の扉を開いてくれた。

そうして私は、一度は家の前までやってきた。先にイロナが降りたところで、

「あっ」

と私は声を上げる。

「どうかなさいましたか、お嬢様？」

「司祭様に寄進する物をお渡ししそびれていたわ。ちょっと戻って、お渡ししてくるわね。イロナは先に、午後のお茶の用意でもしていてくれるかしら？」

私がドレスのポケットに入れていた巾着袋を見つつ言うと、イロナは呆れたようにため息をついた。

「仕方のないお嬢様ですね。本当にすぐお戻りくださいね」

「ええ。行ってくるわイロナ」

そう言うと、彼女は馬車の扉を閉めてくれる。

御者のアントンが再び馬車を走らせ始めたところで、ふっと息をつく。

これでイロナは置いてくることができた。

私は馬車に置き去りにしていた、バスケットを自分の膝上に置く。

寄付としてバスケットに刺繍したハンカチを入れ……たように見せかけ、その下に行先の修道院への寄進として、いくつか宝石類を持ってきていたのだ。

ヤン司祭の伝手《つて》ならば、沢山の寄進は求められないと思うので、なんとか足りるだろう。

服などは修道女の衣服が支給されるだろうし、私は畑仕事ができれば満足なので、さして準備す

る物はない。

そうして一路、教会に戻ろうとしていると……。

ふいに馬車が速度を落として止まった。

でもこういうことはままある。

目の前を市場へ向かう牛馬の列が通ったとか、他の馬車に道を譲ったとか。人が飛び出してきたなど、理由はいくつでも想像がついた。

だから、これからの畑仕事を満喫する人生を思い描いていたのだけど、一向に馬車が動かない。

かといって御者がトラブルに巻き込まれている感じはなかった。外から騒ぐ声は聞こえないし……。

とはいえ数分が経とうとしている。

そろそろ御者に何があったのか聞こうとしたら、馬車の扉がノックされた。

「アントン？　どうしたの？」

御者が説明をしに来たのだと思ったのだ。でも、答える声がアントンのものではなかった。

「僕だよ、リヴィア」

「セリアン⁉」

驚いて声を上げた私は、慌てて馬車の扉を開いた。

間違いなくセリアンがそこにいて、微笑んでいた。

「どうしたの？　なぜここにいるの？」

驚きながらも、セリアンが声をかけて馬車を止めさせたのだなということはわかった。きっと御者のアントンはセリアンのことを見たことがなかったから、本人なのか確認に手間取ったのだろう。

「君の馬車を見かけたから、こんな時間にどこへ行くのかと思って」

「こんな時間……」

ふと空を見れば、日暮れが近づいている。

パーティーでもなければ外出しない時間なことは確かだ。そして私は、昼の軽い外出用のドレスを着ている。扉を開けた時点で、セリアンには私がどこかの家に呼ばれたわけではないことが丸わかりだ。

そうしてセリアンは心配そうに言った。

「まさかリヴィア……あの伯爵との結婚を避けるために、夜逃げをするつもりだった？」

ぎくっとした。肩が思わず跳ねてしまう。

セリアンにはそれだけでわかったらしく。深いため息をつかれてしまった。

「リヴィア。知らせてくれる約束には、この夜逃げのことも含めてほしかったな。もしくは結婚証明書のことだけ知らせて夜逃げするぐらいなら、僕の家に逃げてきてほしかった」

「僕の家にって……そんな」

「マルグレット伯爵は、うちの家には手を出せないよ」

「でもあなたを利用するようなことは、できればしたくないわ」

友達だからこそ。こんなふうに思ってくれるからこそ、セリアンを利用するなんて嫌だ。

そう言うと、セリアンは苦笑いした。

「頑固だなリヴィアは。僕が利用されたいんだ」

扉の方へ身を乗り出していた私に手を伸ばし、セリアンが頬に触れた。

「それで君を手に入れられるのなら、お安い御用だよ」

「セリアン……」

私をなぐさめるために、そんなことを言ってくれるのだろう。

とんでもなく恥ずかしいセリフに身の置き所がない気分になるけれど、優しさゆえだということはわかる。だから私は、目に涙がにじみそうになった。

結婚する相手が、この人だったらよかったのに……と心底思うほど。

でもこのままセリアンに頼りきったら、セリアンの家が借金を清算することになってしまう。それは申し訳なさすぎる。

とはいえこのまま家に戻れば、マルグレット伯爵との婚約の話が進んでしまう。

唇を噛みしめ、どう答えていいのかわからない私に、セリアンはささやいた。

「君からの手紙でわかった範囲だけでも、マルグレット伯爵が怪しい手口を使ったことは推測できる。それに、今までの彼の結婚に関しても、同様に不審な点がある。その証拠さえ押さえれば、マルグレット伯爵も君との結婚は諦めるだろう」

「そんなことが可能かしら……」

お父様との賭けに参加した人達だって、マルグレット伯爵からお金を積まれたり、弱みを握られて加担していたのだと思う。そんな人達が、私を助けるために……と言ったぐらいでは協力してくれないだろう。

「だからサロンの人達の伝手をたどれないか、協力を仰《あお》ごう。うちの家でも色々手を回す。だから……無謀な真似はしないように」

頬に触れた手を、セリアンは私の頭の上に乗せた。

ぽんぽんと何度か弾ませるように叩かれると、年上のお兄さんに諭《さと》されている気分になってくる。

すると不思議と、セリアンの言う通りにしようと思えた。

たしかにマルグレット伯爵が今後一切近寄らないようにするためにも、彼の弱点をこちらが握る方がいい。

「じゃ、とりあえず今日は家に戻るんだ、リヴィア。明日、サロンで会おう」

「うんわかったわ。来てくれてありがとう、セリアン」

お礼を言うと、セリアンは微笑んでくれたのだった。

私はセリアンに見送られ、家に戻った。

馬車を降りる時、御者がちょっとこちらの様子をうかがうような目をしているけれど、もしかして呼び止めたセリアンのことを聞きたいのかしら。

「アントン大丈夫よ。セリアンはお友達なの。馬車を止めてくれてよかったわ、ありがとう」

「そ……そうですか」

お礼を言ったのだけど、アントンは苦笑いするだけだ。でも彼はそもそも口数の多い人ではない。こんなふうに応じることはままあるので、私は特別変だとは思わなかった。

そもそも、物静かで口が堅いのを見込んで、サロンの行き来の際にも御者を務めてもらっている。私にとってありがたい人である。

サロンの内容は、お父様には内緒だから……。

本当に口が堅い人じゃないと、御者をしてもらうのも難しいのだ。正門からは建物で隔てられた側の庭だから、すぐ露見するわけじゃないけれど、時々鍬とか持ったサロンの人が行き来するので。

私、イロナとアントンがいなくなったら、サロンへ行けなくなって泣き暮らすことになるわ。

……そういえばイロナにお茶を頼んでいたのだった。

戻ってきたのなら、無駄にさせるわけにはいかない。

いそいそと部屋に戻った私は、テーブルにカップやお菓子を並べていたイロナに迎えられた。

「ああお嬢様。すぐに準備をいたしますね。それと、お手紙が来ておりますよ」

「手紙？」

首をかしげる私に、イロナが白い封書を差し出す。

「誰からかし……」

私は息を呑んだ。

差出人の名前が問題だったのだが、イロナに心配させたくないので、何事もなかったかのように顔に笑みを作った。

「ありがとう、わかったわ。お茶をお願いね」

「ただいまご用意いたします」

イロナが部屋を出ていくのを見送って、私はもう一度封書の差出人を見る。

――シャーロット・オーリック。

「どうして彼女が？」

手紙をやりとりするような、穏やかな関係ではない彼女。

縁起が悪そうな代物だからすぐ燃やしたいけれど、中身を確認しないとそれはそれで怖い。なので開いてみると、恐ろしいことが書いてあった。

――修道院へなんていかせないわ。

「ひぃっ⁉」

思わず悲鳴を上げそうになった。

え、何この手紙？　私が教会へ行くのを見かけて、修道院への伝手を探していると疑って書いたの？

わけがわからない。

その時、扉をノックされた。たぶんイロナが戻ってきたんだろう。

私はとりあえず近くにあった机の引き出しの中に手紙を放り込み、応じる。

すぐにイロナが笑顔で入ってきて、お茶を淹《い》れてくれた。

私はひとまずお茶を口にして、ほっと落ち着く。

それからイロナに尋ねてみた。

「……確認したいんだけど、さっきの手紙はいつ届いたのかしら？」

「お嬢様が出かけた直後だったそうですよ」

「私が教会に出発した直後、ということ？」

「そうです」

イロナがうなずいた。

私はぞっとする。

（なぜシャーロットは、私の行動を知っているかのように、手紙にこんなことを書けたの⁉）

これが先にイロナを館に戻した直後だったなら、多少は理解できた。私の馬車が教会で止まったのを見て、急いで嫌がらせの手紙を書いたのかもしれないから。

でもその前なのだ。

私がどこへ行くかわからない時に、これを書いただなんて……。

寒気がして、温かいお茶をぐいっと飲む。

しかしイロナに余計な心配はかけさせたくない。

「おいしいわ。ありがとうイロナ」

お茶を飲んでそっと息をついた後、私はなんとか笑顔をイロナに向けたのだった。

閑話三　アントン

俺は、馬車を出発させるため、鞭《むち》を操った。

鞭が地面を叩く音を聞き、馬達が歩きはじめる。

御者台で手綱《たづな》を握りながら、考えていたのはリヴィアお嬢様のことだ。

口が堅いからと、「アントンお願いね」とよく俺に御者を任せてくれるお嬢様。

教会から帰ったばかりだというのに、リヴィアお嬢様が教会へもう一度向かうというのだ。

渡すのを忘れてしまった物があるのだと。

イロナはそれをすっかり信じて、教会へ行くのならとリヴィアお嬢様だけで送り出してしまった。

俺は止めるべきかどうか迷った末、ただの杞憂《きゆう》かもしれないと、何も言わなかった。

「本当に、教会へ行くだけならいいんだが……」

そう思いつつも、もやもやとしたものを感じてしまう。

リヴィアお嬢様が思いつめている、と感じていたからだ。

イロナに微笑みかけていても、どこか上の空のようで。他に気になることがあって、頭から離れない……そんな人と似ていると感じたのだ。

そうなっても当然だと俺は思う。

先日の婚約破棄、その後の婚約者探しでも苦労したあげく、旦那様が罠《わな》にはまって老齢の貴族に嫁がなければならなくなったことは、俺も耳にした。

俺は王都の館で雇われたので、リヴィアお嬢様のことを長く見知っているわけではない。でも、他の貴族令嬢には鼻持ちならない人間も多いと耳にする中、リヴィアお嬢様が穏やかで優しい人だというのはわかる。

そんな人が、旦那様を罠に陥れるような人物と結婚するとなれば、召使い達も心穏やかではいられない。

イロナ達は「お嬢様を捨てたあの婚約者のせいだ」と愚痴を言っていた。

それには俺も同意する。

ただ家令のゲイルは、フェリクスという元婚約者を低く評価していたし、リヴィアお嬢様もどこか完全には信用していない様子だった。だから破談になってもよかったと当初は思ったぐらいで。

どうせなら、誰かもっと良い貴公子がリヴィアお嬢様を見初めてくれないだろうか。

それが一番なのに……と思っていたら。

道の前方に突然、バラっと数人の男が飛び出してきた。しかも各々が、長剣を手にしている。

服装はやや薄汚れ、髭《ひげ》や頭髪も整えられていないことから、ならず者だというのはわかる。

そんな男達が道を塞いだのだ。

「ひぃっ」

俺は驚き、慌てて馬車を止めてしまった。

王都でこんなならず者に遭遇したことはないので、余計に戸惑ってしまったのだ。

そもそも俺は、諍いが苦手なので、わざわざ弱小貴族の家に雇われることにした人間だ。

旦那様達は身分がそれほど高いわけでもなく、そして敵を作るほど権力を持っているわけではない。だから誰かに恨まれたり、よほど運が悪くない限り、こんな状況にはならないだろう、と思っていたから。

そうして数秒してから、自分の失敗に気づく。

お嬢様の安全を確保するためには、あのまま突っ走ってしまった方がよかったのだ。

なんにせよ、こうなっては仕方ない。

俺は御者台に密かに置いていた鉄の棒を手にする。万が一のために準備しておけと、他の御者に言われていたのだ。

初めて握る棒の感触に、内心で怯えながらも、リヴィアお嬢様に危機を知らせるべく声を出そうとしたのだが……。

その前に、一人の青年が現れた。

「君達には、早々に退場してもらう」

金の髪をした彼は、今まで見た中で一番秀麗な青年だった。

青年は、何かをばらまいた。

俺の目には、黒い砂のように見えた。

青年がいたのは、ちょうど風上。そして少し強い風が吹いていたこともあり、あっという間に青年が撒いた黒い砂がならず者達をとりまく。

とたんに、ならず者達が呻《うめ》き苦しんで倒れ、そのまま眠ったように動かなくなった。

「……え」

何が起こったのかわからなかった。

さっと周囲の路地から数人の男達が現れ、青年の指示に従って倒れたならず者を引きずって路地へと撤収するまで十数秒。

その間、ぼんやりとしてしまった自分に、手袋を外した青年が近づいてきた。

「君、フォーセル子爵家の御者だろう？」

「え、あ……」

俺は「はい」と言おうとして躊躇《ちゅうちょ》した。認めた後で、お嬢様に何かあっては困る。なにせこの青年は、数人の男を一瞬で昏倒《こんとう》させるような代物を持っているのだ。

でも明らかに貴族らしい衣服を着ているし、一応こちらを守ってくれた形にはなった。

味方だとわかれば……と思った俺の心を読むように、青年は自己紹介した。

「僕はセリアン。ディオアール侯爵家の者だ。リヴィアからは何も聞いていない？」

「あ……」

俺は思い出した。

リヴィアお嬢様からは聞いていないが、イロナが使用人用の食堂で、しきりにほめちぎっていたのを聞いていた。「侯爵家のお方だというのに、フェリクス様とは大違いだよ。リヴィアお嬢様も、セリアン様のことはとても信頼しているようだし……」と。

俺はふっと肩の力を抜いた。

イロナが語っていた容姿にも、目の前の青年は合致する。二十代前半、淡い金の髪のとても綺麗な男性。そして穏やかそうな雰囲気。たぶん間違いない。

でも自分が見知っていないことだけが気になったので、迷った末に言った。

「お嬢様から直接は聞いておりませんが……あの、本当に？」

「聞いていないのなら、疑っても仕方ないね。でも彼女と話をしたいから……。扉を開けずに外から声をかけていいかな？　君がすぐ側で見ていてくれていいから。それでリヴィアが扉を開けないのなら、僕はすぐ帰るよ」

本当に彼が貴族なら、これ以上押し問答するのは得策ではない、と俺は青年の言う通りにすることにした。

そして青年が言う通り、彼が扉の前に立って声をかけている間、俺はすぐ側でそれを見守った。

すると、青年が声をかけてすぐにお嬢様が自分で扉を開いた。

一瞬、青年に扉がぶつかりそうに見えて慌てたが、彼は慣れた様子でかわしていた。それでなんとなく、俺も（ああ、お嬢様の対応に慣れているんだな）と納得できたのだ。

その後の会話には、自分の方がむずがゆくなって、早々に御者席へ退散した。

リヴィアお嬢様が夜逃げを計画していたと知った時は、やっぱりと思ったし、止めてくれるらしいこの貴公子に感謝したものだけど。

その後の「僕の家に逃げてきてほしかった」「僕が利用されたいんだ」「それで君を手に入れられ

るのなら」という言葉に、側に立って聞いているのも恥ずかしくなったのだ。

むしろ（お嬢様！　なぜこんなにもこっぱずかしいことを言われているのに、そう冷静なんですか⁉）と叫びたい。

貴族女性は、いつもこんな甘ったるい言葉を浴びているのだろうか。だとしたら貴族って怖い……。

やがて二人の会話が終わる。

リヴィアお嬢様は夜逃げをやめ、家に戻ってくれるようだ。

ほっとした俺に、あの青年貴族が再び声をかけてきた。

「君」

「はい？」

「さっきならず者に囲まれそうになったことは黙っていてほしいな。リヴィアを怯えさせたくないんだ」

その説明に俺はうなずいた。貴族女性は基本的に守られて育つため、様々なことにショックを受けやすいと聞いていたので、納得できる話ではあったからだ。

「それと、僕がどうやって彼らを排除したかも……いいね？」

そう続けたセリアンの目が、ふいに鋭くなった気がした。

ただそれだけなのに、なぜか寒気を感じ、俺は必死にうなずきを返した。

「い、言いませんとも。私は口が堅いのを買われて雇っていただいているので……」

「そうなんだ。有難い。ではよろしく頼んだよ」

そう言って、青年貴族は立ち去った。

ほっと息をついて館への道を戻る。

しかしその間、少し離れて馬が後ろをついてくるのがわかった。ちらりと振り返って、それが先ほどの青年貴族だとわかる。

彼は馬車が館の前に差しかかったところで、道を引き返していった。

家に戻るまで見守るつもりでついてきたのだろうけれど。

「お嬢様、愛されすぎでは？」

無事に帰るのを見ないと、心配でいられなかったゆえの行動だとしたら、相当リヴィアお嬢様は想われているのではないだろうか。

とはいえ、俺はそれをリヴィアお嬢様にどう伝えていいのかわからない。それに人の恋愛事に口を出したら、馬に蹴られるようなことになりそうで。

「今日もありがとうアントン。明日はお昼ごろにサロンへ行くから、よろしくね」

何も知らないまま、笑顔でそう言ったリヴィアお嬢様が館の中へ姿を消すのを、俺は黙って見送った。

心の中で（早くあの方とまとまってくださいお嬢様）と、そう思いながら。

七章　協力を仰ぎます！

教会から戻った後、私はなんとかイロナ達に怯えを悟られないように過ごした。

もちろんヤン司祭には、夜逃げの一件は保留にすることと、謝罪の手紙を出している。……万が一に備えて、紹介状は燃やさないように頼んだうえで。

そして朝一番に、セリアンへ手紙を書いた。

「イロナ。これをディオアール侯爵家へ届けてもらえる？」

「セリアン様宛でございますね。すぐにでも」

イロナはその中身を恋文とでも思ったのか、口元をほころばせて受け取った。

（いいえイロナ。手紙に書いているのは、昨日起こった恐怖の体験をセリアンに報告するためのものなのよ……）

決してお花が咲き乱れる内容ではない。

でも誰かにこの恐怖を伝えたことで、私は少し落ち着きを取り戻した。

正直、眠る前もどこからかシャーロットが見ていたら……と思って、恐ろしかったのだ。

そうしてようやく、サロンへ行く時間がやってきた。

御者のアントンには申し訳ないけれど、早めに出発させてもらうことになった。すぐにでもサロンへ行きたかったのだ。

私の家ではない場所なら、シャーロットも監視しにくいかもしれないもの。

しかもレンルード伯爵夫人の館には、私以外の人間も沢山出入りする。シャーロットが私のことを見張ろうとしても、不審に思われるからあまり近づけないでしょう。

うちはほら。弱小貴族なので警戒心もちょっと欠けてるし、警備の人を周辺に配置するなんてこともない。侵入しようと思えばできるほど……ゆるい。たまに近所の子供が入り込んで、召使いに見つかってるもの。

追い出す時に必ず何か食べ物を手に握らせるからか、週一で通ってきてるみたいだけど……。

今まではそれを窓から眺めて、のほほんとしていた私だけど、今ばかりは落ち着かない。

だからレンルード伯爵夫人の館に到着した時は、ほーっと深く息をついてしまった。

「何か心配ごとでもおありですか？」

イロナにそう尋ねられてしまったけれど、笑って誤魔化す。

「大丈夫。ちょっと眠かっただけよ」

そう言って馬車を降り、イロナは召使い用の控室へ。私はそのままレンルード伯爵夫人の家の召使いに先導されて、夫人にご挨拶をしに行ったのだけど。

応接間へ入ると、そこには夫人ではなくセリアンがいた。

深緑の布張りのソファに、長い足を持て余すように座っていたセリアンは、私が入っていくと立ち上がって迎えてくれる。

「リヴィア。待っていたよ」

「なんでセリアン……こんな早くに？」

いつも彼は、昼をゆったり済ませた頃合いにやってくる。

司祭職の時はそうでなければ出てこられなかっただろうし、還俗してからは、後を継ぐかもしれない彼には社交や仕事などがあるから、早朝か午後でなければサロンに参加できないのは当然だった。

なのに今日は昼前からいるなんて。

驚く私に、セリアンが微笑む。

「君が心配でね。レンルード伯爵夫人にお願いしてここで待たせてもらっていたんだ」

彼は立ち上がって私の側に歩み寄る。

「シャーロットとはあれからは何もなかったかい？」

「ええ。あのわけのわからない手紙だけ……。シャーロットはどうして、私が行動する前に夜逃げをしようとしているなんて思ったのかしら？　いえそれよりも、夜逃げをするかもしれないと思っても、なぜあの日に手紙を出したのか……」

シャーロットの文字を見た瞬間の恐怖を思い出し、私は自分の肩を抱きしめる。

それでも寒気がした。

が……その手が温かなもので包まれる。

手を添えた本人を見上げようとした瞬間には、セリアンに抱きしめられていた。

「セリ……」

「君に何もなくてよかった。それに先方が監視していたとしても、君は夜逃げをしなかったんだから、阻止しようと何か行動することもないだろう。大丈夫」

恥ずかしさに身をよじりかけた私は、大丈夫と言われて、ほっと息をつく。

そうか。私は事情を理解している人に、安全だということを保証してほしかったのだと気づいた。

でも落ち着いたのに、今度は彼の温かな腕から離れがたくなっていた。

（私、変だ……）

どうしてこんなに、居心地がいいと感じてしまうんだろう。

セリアンにこんなふうにされて、本当なら恥ずかしさで拒否してもおかしくないのに。

マルグレット伯爵の時は、接近しただけでも嫌悪感で一杯だった。なのに、セリアンにはそう感じない。

心細いから……というのは、あると思う。

でも、誰でもいいわけじゃない。他所《よそ》の貴公子に同じことをされたとしても、たぶん即逃げ出すと想像がつく。

一緒に畑を作っているから、セリアンへの信頼感が厚いせいかしら？

その時、セリアンがふとつぶやいた。

「しかし、シャーロットは、今度はその手で来たのか……」

「？」

私は首をかしげた。

その手で、ってどういうことだろう。まるで、シャーロットが他にも何か別の方法で仕掛けてきたような言い方だ。

と思って私はふと考えた。

（もしかして、今までの婚約を邪魔した件のことかしら？）

シャーロット自身が池に飛び込んでみたり、お茶をかけたりしていたことと、似たような行動なのかもしれない。

私のことを目障りに感じているらしいシャーロットは、たぶん私に幸せな結婚をしてほしくないのだと思う。

だから特に問題のない方達との縁談は、邪魔しようとした。けれどマルグレット伯爵の場合は、結婚したら確実に私が不幸になるのだから、脅して夜逃げを阻止しようとしたのでは？

どちらにせよ、婚約もしていない相手とずっとこんなことをしていていいわけがない。だけどもうちょっと……と思ってしまう。

ほんの少し、心が元気になって、立ち向かっていけるようになるまで。

だけど自分がそのままでいたいと、セリアンに察せられてしまうのは恥ずかしい。

どうしたものかと迷っていると、応接間の扉がノックされた。

セリアンが抱きしめていた腕を離してくれる。

私は寂しい気持ちになりながらも、セリアンから一歩離れた。

「いらっしゃいリヴィア様、セリアン様」

入ってきたのはレンルード伯爵夫人だ。

白髪交じりの茶色の髪をきっちりと結い上げているのは、日差しを防ぐ麦わら帽子の中に収めるためだろう。ドレスは深緑の光沢が美しい、飾りの少ない物で、襟元のカメオと端々に施《ほどこ》された刺繍ぐらいで、すっきりとした印象を受ける。

夫人は生粋《きっすい》の庭仕事好きなので、さっきまで庭に出ていたに違いないし、後でまた庭の手入れをするつもりなので、衣服だけ着替えているのだろう。

「お邪魔しておりますレンルード伯爵夫人。今日もお庭をお借りします」

挨拶をすると、レンルード伯爵夫人はにっこりと笑う。

「楽しんでいってねリヴィア様。でもその前に、お昼はいかが？　もしかしてもう召し上がっていらしたかしら……」

「いいえ。早く私のニンジン達に会いたくて、先に来てしまいました。夫人にお誘いいただけるなんて光栄です。ぜひ同席させてくださいませ」

「セリアン様は大丈夫かしら？」

話を振られたセリアンもうなずく。

「もちろん僕も同席させていただきますよ、伯爵夫人」

そういうわけで、私達はレンルード伯爵夫人の先導で、食事をする部屋へと移動した。

案内されたのは、正餐《せいさん》室だったようだ。

野趣あふれる庭を、大きく開かれた窓から眺めつつ食べることができる。おそらくレンルード伯

爵夫人がそうしたくて、わざわざ庭に面した部屋を正餐室にしたのだろう。

そして白いテーブルクロスと素朴な花が飾られた室内は、他にも十人ほどが席についていた。みんな、サロンの参加者だ。

「やぁフォーセル子爵令嬢。ニンジンの生育状況は良いようだよ」

と声をかけてくれたのは、隣でジャガイモを育てている老侯爵だ。

持病の関係で王都にお住まいになっているのだとか。

田舎では、専門の医師にかかるのもなかなか難しいものね。

でもそれだとこっそり畑が作れないので、サロンに参加したらしい。

「いつも見守っていただきありがとうございます」

「そろそろデルマイネの花が咲くので、一株お分けするわね、リヴィア嬢」

そう言ったのは、私のお父様と同年代の男爵夫人だ。

海外との交易で成功した家の方で、交易品を一通り自分でも試してみているうちに、扱った種から植物を育てるのが趣味になった女性。

最近、除虫に効く花を育てていると聞き、分けてもらう約束をしていたのだ。

「とても嬉しいです！　効果が実感できましたら、すぐにでも種を買わせてください」

そんなふうに先に来ていたサロン参加者と話していると、レンルード伯爵夫人が席につくよう促した。

「さあさあ、もう料理をお出ししますよ。素朴なものばかりですけれど、お口に合えば幸いですわ」

レンルード伯爵夫人が用意していたのは、香草と塩をふりかけて焼いた羊肉、鶏肉と緑と赤の野菜のゼリーよせ、温めた白パンに、ジャガイモのポタージュと、レンルード伯爵夫人が育てている野菜と柑橘《かんきつ》類を混ぜた彩りも爽《さわ》やかなサラダ。

そこにお茶とケーキが添えられていて、私は全部食べ切れるか少し心配になるほどの量が用意されていた。

まずは食前の祈りを済ませ、食べ始める。

私はスープを口に運びつつ、いつ話を切り出そうかと考えていた。

セリアンに勧められて、マルグレット伯爵の件について何か情報を得られないか、協力を仰ごうと思ってここへ来たのだ。

セリアンも手伝ってはくれるだろうけれど、問題を抱えているのは私だ。自分で話すべきだろう。

それにとても嬉しいことに、いつもより参加者が多くいて、こうしてゆっくり話せそうな席についているのだ。

でもあまり面白い話題ではない。

皆さんが「美味《おい》しい」と言いながら楽しく食事をしている中、こんな話を聞かせるのは申し訳なかった。

せめて食事が終わりかけた頃に……と思っていた。

「そういえば、面白い話を聞いたんだが」

老侯爵が口元をちょこちょこと拭《ぬぐ》いながら、流れに続けるように話した。

「悪い貴族に騙されて、父親よりも年上の男に嫁がされそうなご令嬢がいるらしい」

その話に私はハッと息を呑む。

老侯爵の方を見るが、彼はまるで私のことではないというかのように続けた。

「とてつもない年の差での結婚は、百年以上前の群雄割拠《ぐんゆうかっきょ》の時代に果てた慣習だと思ったのだがな」

「その頃に、何か法律ができたのですか？」

「法は作らなかったようだ。反発が強すぎるということでな。ただ時の女王が、自らが十歳の時に行った婚姻は無効であるとし、教会がそれを認めることで、破門されたくなければ幼い子供との婚姻は避けるべきという風潮になったそうですな。それと同時に、適齢期であっても父親を越える年の差がある相手との婚姻も、嫌われるようになったと聞き及んでおりますよ」

「好きな相手と結婚できるとは限りませんけれど、せめてお互いを尊敬し合える相手と……と思いますわね」

そこでセリアンが喉を潤すようにお茶に口をつけてから言った。

「ちょうど同じような問題が、彼女に起きているのですよ」

彼はそっと私の方を見る。皆まで言わずとも、私がその問題を抱えているのだと示すように。

周囲の視線が集中して、私は急いで口の中のパンを飲み込んだ。

「まぁ、まさかリヴィア様が？」

「でも耳にしたよ。なんでもマルグレット伯爵らしいな、相手は」

「あのご老人は……。うちの商会にも注文をしてきますけれど、従業員からの評判がとても悪くて……」

みんなが口々にそう言って、またたく間に私への同情に満ちた空気になっていくのだけど。

一部棒読みっぽい人もいるし。

台本があるかのように、それぞれが意見を口する様に、私は理解した。

……まさかセリアン。あらかじめレンルード伯爵夫人と示し合わせて、この場を設けてもらっていたの？

そして夫人は、先にある程度の話を皆さんにしてくださっていた？

察した私は、涙が出そうになった。

こんなふうに、手を差し伸べてくれる優しい人達に囲まれて、私は幸せ者だ……。

でも感謝するのなら、ここで泣いていてはいけない。

私はみんなが作ってくれたこの流れに乗る。

「お恥ずかしながら……。実は、父が賭け事で騙されて領地を奪われそうになり。それを勝った方が結婚をしてくれるのなら、なかったことにすると申し出てくださったのですけれど……」

彼らにとっては改めての説明になるが、私が結婚を迫られている経緯を話す。

「ふむ。その最初に結婚を申し出た男の名前は？　……ほほぅ。あそこの小倅《こせがれ》ですか。確かにしばらく前までは首が回らない様子でしたな。社交シーズンにも王都に来られない有様で……。よろしいでしょう。そちらから詐欺にかけたかどうかの証言を引き出す役目は私が」

早速、老侯爵が賭け事に参加していた方からの、証言をとってくれることになった。

私は深く頭を下げる。

「マルグレット伯爵の前妻の話ならば、聞いたことがございましてよ。ちょっとした怖い話として」

「怖い話？」

プラムの木を育てている男爵夫人の話に、レンルード伯爵夫人が眉をひそめた。

「ええ。なんでもあの伯爵は、その夫人の前には沢山の召使いを妾《めかけ》としていたらしいとか。その妾達も、半年も経たないうちにこつぜんと姿を消していたそうよ」

「こつぜんと……」

私は身震いした。

きっとあのマルグレット伯爵にいじめ殺されたか、必死の思いで脱走したのだ。

なにせ使用人なら、マルグレット伯爵が彼女達をどう扱っても、闇に葬ることなど簡単だ。飽きたら自領へ妾を連れていき、適当な罪をでっちあげて処罰しても……誰も異を唱えられない。

死亡理由をねつ造するなど、お手のものだ。

「その前妻も、心を病んでのことなのか、着の身着のまま馬に乗って実家に帰ってきて、そのまま家の奥に引きこもっているのですって」

「まぁ……なんて恐ろしい」

レンルード伯爵夫人が自分の両肩を抱きしめる。

私はもう、卒倒しそうだった。

結婚証明書を思い切り目の前で汚損してやった私では、マルグレット伯爵がもっとひどい目にあわせようとしてくる可能性が高い。

そしてとんでもない人間性の人が、ほけほけと田舎の和《なご》やかな空気に浸っているお姉様夫婦を騙すのも、お父様をさらに騙すのもわけがないだろう。

「私達の友人が、そのようなことになるのは嫌ですわ」

「ですな」

全員がレンルード伯爵夫人の言葉にうなずく。

「であればぜひ、彼女の父が陥れられた証拠と……。以前の奥様方との関係でも、同じようなことがなかったかを調べていただければ、とお願いいたします。できれば……早急に」

「もちろんだ。伝手をいくらでも使って、この窮地を救ってみせよう」

老侯爵をはじめとして、その場にいたサロンの参加者達が、我も我もと協力を約束してくれた。

「ありがとう、ございます……」

こんなに心強いことはない。

私は感謝と嬉しさで、お礼を言う声が震えた。

「気にしないでちょうだいリヴィア様。そんなおかしな人が相手では、サロンに参加させてもらえないでしょうし……サロンで何をしているのか、尋問でもされてしまいそうで怖いものね」

男爵夫人が肩をすくめながら言う。

彼女の言う通りだ。サロンの秘密についても、探られては困る。

「それにしても、結婚証明書も再請求されているのでしょう？　早めになんとかしなくてはならないようね……」

「結婚証明書については、僕の方で手を回します。あと、最終的に集めた情報をどう使うかは、僕に腹案があります」

そこでセリアンが手を挙げた。

「これについては伯爵夫人方と話を詰めたいから、リヴィアは先にニンジン畑の様子を見てくるといいよ」

「あの、そんなことまで任せていいの？　私の問題なのに……」

セリアンにそう言えば、彼はにっこりと微笑む。

「せっかく考えたから、ぜひ僕が実行したいんだよ、リヴィア。それに……リヴィアは顔に出やすいから。準備が整う前にマルグレット伯爵に気づかれては困るからね」

そういうわけでリヴィアには教えられない。セリアンに言われて、私は引き下がるしかなかった。

「よろしくお願いします……」

セリアン達の尽力を、私の表情一つでふいにしてしまっては、もっと申し訳ないことになる。だから私は粛々《しゅくしゅく》とセリアンに従うことにしたのだけど。

「あの、情報集めは私の方でもしていいかしら？　仲の良い方に声をかけるだけになるけれど」

「もちろんお願いするよ、リヴィア。情報は僕の方へ回してくれるとありがたいな」

「ええ」

自分も協力できるとわかってほっとする。


さっそく私は、ニンジン畑の様子を見た後で家に戻ると、エリスやフィアンナに手紙を送った。

久々におしゃべりをしないか、という理由で会うことにしたのだ。

翌日、さっそくエリスが家にやってきた。

召使いに案内されてきたエリスは、薄緑のドレスの端を持ち上げて挨拶をしてくれる。

「今日はお招きありがとう」

「こちらこそ、来てくれて嬉しいわエリス。それほど綺麗な庭ではなくて申し訳ないけれど、今日はお天気がいいから外でいいかしら?」

「もちろんよ」

うなずき、エリスは庭へ出てきてくれる。

我が家はそれほど大きくない。よって庭も、ちんまりとしたものだ。武骨な塀を隠す目的で植えた木々に囲まれていて、お茶会用のテーブルを三つ四つ置くのが精いっぱいの広さ。

弱小貴族の王都の館などこんなものだ。

古参貴族でなければ、広い庭を持つ館など建てられないのだから仕方ない。

けれどエリスは予想外なことを口にした。

「実はけっこう楽しみにしているのよ、あなたの家の庭。他にはない感じがするから。実が生《な》って、大きくなって色づいていくのを見るのって、けっこう楽しいのよ？」

「そうね……他の家じゃ、わざわざリンゴの木は植えないわよね」

我が家に植えているのはリンゴの木だ。実が生り始めているので、もうしばらくしたら袋がけが必要になるかな、と思いながら眺めている。

その隣にはブドウ棚を作っていた。

「こんな庭を楽しんでくれるのは、あなたとフィアンナぐらいだわ」

苦笑いしながら言うものの、そういう理由で、私は自分の家に他の人を招いても庭は使わない。

しかし、お父様の関係でやってくる人と屋内でかち合わないように、天気が良ければ二人とはよく庭でお茶をしているのだ。

「それでどうしたの。頼みがあるって言っていたわね？」

テーブルにつき、イロナ達召使いがお茶を淹れ、お菓子を置いて距離をとるなり、エリスはそう話題を持ち出した。

「ええ。実は……私、とんでもない人と結婚させられそうになっていて」

私はエリスに、お父様が騙し討ちのように結婚を約束させられたことなどを話す。

そのマルグレット伯爵は評判が悪いという話（昨日聞いたばかりの、前妻さんとお妾の召使い達の不穏な話も混ぜた）と同時に、私がマルグレット伯爵に言われた気持ちの悪い発言も洗いざらい吐き出す。

聞き終わったエリスは、顔色が青くなる。

「よく今まで大丈夫だったわね。それに結婚証明書を先に請求していただなんて、異常だわ。申し立てたら無効にならないかしら？」

「そこは私もお父様にちょっと聞いたのだけど、無理みたいなの。たいていが夫側から申請するらしくて、同意があったかどうかは確認されないし、必要ないらしいわ」

王家側も結婚税のために、そういう動きがあることを知りたくて証明書の提出を求めているだけだ。サイン前の証明書を請求することについては、特に制限とか決まりがないみたい。

よって結婚の約束前から申請して、取り寄せても特に罰則はない。

「貴族間の抗争が激しかった時代は、先に申請をしつつ、婚姻の打診をすることも多かったみたいで、その時のことがあるから違法にはならないんですって」

「そんな……ひどいわ。知らないうちに偽のサインをして出される恐れだってあるのに」

エリスが憤慨《ふんがい》してくれる。

私も、証明書を出してしまったら結婚が覆せなくなるんだから、『同意が必要です』と定めてほしいと思う。

署名を偽造されたら大変じゃないの。

マルグレット伯爵が偽造まではしなくてよかった……。いや、あれは別に温情とか、うっかりしていたわけじゃないんだろう。署名をするしかなくなって、絶望に打ちひしがれた私の顔を眺めたかっただけだ。

ある意味、マルグレット伯爵の性癖によって、偽造して申請という方法を避けられたのだろう。

「それにしても、証明書の再発行を停止させる、なんてことはできないのかしら？」

うちはまだ結婚する気はありません！　と言って、申請書を出させない方法はないかとエリスは言う。

「その辺りについては、一応手を回してくれる人がいるの。それでね、エリスにもフィアンナにも、マルグレット伯爵についての噂や、何かそれを裏付ける情報を知っていたらその人に知らせてほしくて。そのお願いをしたかったのだけど」

「手を回してくれる人？　そんなことができるのって王家に近い方でしょうけれど……どなた？」

「あの、私が参加しているサロンで仲良くなったお友達で、セリアン・ディオアール侯爵子息なのだけど」

「セリアン様が!?　あなたのお友達!?」

エリスが驚きのあまり大きな声を出してしまう。

遠巻きにしていたイロナ達が、何か粗相があったかと駆け寄りかけたけれど、私はそれを慌てて止めた。

大丈夫大丈夫と、ジェスチャーをする私を見て、イロナ達は元の位置に戻った。

何にせよ私よりも淑女らしい彼女が、そんな驚き方をするのは珍しかった。

そのエリスも、自分で冷静になるべくお茶を飲んで息をついている。

「そこまで驚くことなの？」

「当たり前よリヴィア。パーティーの時にも、みんながセリアン様を狙っていたでしょう？　あとで聞いたのだけど、大聖堂へ出入りしていた方や、王宮の式典に参列していた方なんかは、もうずっと前から『セリアン様が聖職者でなければ……』なんて言っていたそうよ」

「あー……」

セリアンの還俗の話がわっと広まったのは、元々の素地があってのことなのか。

「そんな人と、全く接点がなさそうなリヴィアがお友達だって聞いたら、驚いてもおかしくないと思うの、私」

答えたエリスは、目の前のクッキーを二つほど一気に食べてまたお茶を飲み、ほーっと息をつく。

甘味でさらに心を落ち着けようとしていたようだ。

「セリアン様がサロンの参加者だと聞いて、あなたとお友達であることに納得したわ。あのサロン、レンルード伯爵夫人が気に入った方を直接勧誘する方式で、自分からお願いしても入れないのは有名だもの。会話の内容とか参加者についてみなさん語らないから、誰が参加しているのかはっきりわからないし。それで私やフィアンナにも、セリアン様と友人関係だとは言わなかったのね」

「あの、ごめんなさい。サロンの決まりだから……」

サロンの参加者についても、極力話さないことになっている。

せいぜい家族に不審な目を向けられないよう、同性の参加者については言ってもいいことになっているけれど。

お父様もそんなわけで、私が男爵夫人達とも仲良くしていることをご存知だ。

「いいのよ。あなたが私やフィアンナ以外にも、違う繋がりを持っていることは賛成だもの。なにせあなた、基本的に引っ込み思案だし、沢山の方と交流ができてるようで安心したわ」

「う……」

エリスの言う通り、私は引っ込み思案だ。

「何にせよ、協力するのは問題ないし、お父様やお母様からも、お友達の危機だからと話を伺ってみて、何かあればご連絡させていただくわ」

「ありがとうエリス！　面倒なことを頼んでごめんなさい」

感謝と謝罪を伝えると、エリスが片眉を上げてみせる。

「私としてはディオアール侯爵家の方と知り合いになれるのは、今後のことを考えてもすごくありがたいことなのよ。だけどね？」

「何か問題があるの？」

聞くと、エリスは含み笑いをして言った。

「もしかしてセリアン様って、リヴィアのことがお好きなのかしらって」

「え……そんなわけな……」

「だって、異性があなたの結婚問題にそこまで介入するって、めったにないと思うのよ」

「でも、とんでもない人が相手だったわけだし」

マルグレット伯爵みたいな男性と友達が結婚させられそうになったら、私も協力はするし、できる限りのことはすると思う……けど。

「証拠探しに協力ならするかもしれない。けれど情報の集約もセリアン様で、解決法も彼が主体になって考えるつもりなのでしょう？　そこまでするなら、マルグレット伯爵に何か抗議をされても、彼が矢面《やおもて》に立つつもりなんじゃないの？　相当あなたのことを好きじゃないとできないわよ。そういうようなこと、セリアン様に言われていないの？」

エリスに言われて、私はセリアンの言葉を思い出す。

——僕の家に逃げてきてほしかった。

——それで君を手に入れられるのなら、お安い御用だよ。

かっと自分の頬が熱くなる。赤くなって、エリスにバレてしまわないかと心配になるぐらいに。なるべく平静な表情を保とうとしたのだけど。セリアンにもすぐ顔に出ると言われた私だ。エリスは見抜いてしまった。

「なるほど。何か言われているのね？」

「いわっ、言われていない……と思うのだけど」

「ふうん？」

エリスはまるで信じていないような顔をして、今度は別方向から攻めてきた。

「何にせよ、こんな大ごとを相談して任せようと思うのだから、あなたも相当セリアン様のことを好きなんでしょう？」

「す……!?」

ドキッとした。

好き⁉　私が、セリアンを？

想像して、なんだか胸がつきんと痛んだ気がする。でもすぐにそれは消えた。

「好きってそんな。家格も違うから……」

セリアンと私じゃ釣り合わない。

私と彼が結婚したところで、私は役に立てないし、お荷物になってしまう。

エリスはお行儀悪くテーブルにひじをつき、手に顎《あご》をのせる。

「家格が違ったっていいじゃない？　そもそも未婚の貴族の娘なんてみんな、自分よりも家格の高い子息を射止めたくて、パーティーに参加しているんだから。いいのよ、それで何か言ってくる人達がいたら、全員妬《ねた》んでるだけなんだから」

「それはそうだけど……。私は、身の丈に合った生活でいいと思ってたのよ」

「なら、リヴィアが覚悟したらいいことよね？　それとも、妬みを跳ね返せるほどは、セリアン様のことを好きではないのかしら？　もっとよく考えてみるべきね」

そう言われて、私は困惑してしまったのだった。

閑話四　レンルード伯爵夫人

「それでは、お先に失礼いたします」

リヴィアは不安な気持ちを映したような、深い青のドレスの裾を持ち上げて一礼し、正餐室から早々に出ていく。

その後、ふっと息をつく音が重なった。

正餐室で席についていた者達の、ほとんどがため息をついたからだ。

「なんとも気の毒な話でしたな」

「似たような話を全く聞かぬわけではありませんが、救いの手が間に合うのなら、ためらう必要はありませんな。しかもそれが、我らの仲間であるのなら、なおさらに」

壮年の紳士二人がそう語り合うのを聞きながら、私はうなずく。

自分も年の差がある夫と結婚した身なので、多少なりとも感情移入してしまいそうになっていた。

リヴィアと自分が違うのは、自分の夫は品行方正な人で、年の差も親子ほどではなかったことだろう。

そんな自分でも、結婚前は不安で仕方なかったのだ。詐欺まがいの手で陥れられ、脅されているリヴィアはどれほど恐ろしく思っていることか。

でもリヴィアは、泣き言を口にしなかった。

ここへは自分の未来を切り拓くため、交渉に来ているのだとわかるぐらい、緊張しながらもまっすぐに前を向いていたのだ。

（昔の私よりも、ずっと強い人だ）

私は、リヴィアを『サロンに参加させたい』と思った時のことを思い出す。


あれは二年前。

社交シーズンが始まった頃に、とあるパーティーで初めて見る少女がいるなと思っていた。

砂色の髪を結い上げて、無難な白の花を飾っていた。その年頃の少女が着ていることの多い薄黄色のドレスのせいか、よけいに周囲に埋没《まいぼつ》して見える。

彼女の灰青の瞳は、きょろきょろと周囲に向けられていた。

それだけで、この会場に来るのは初めてなのだとわかる。

やがて彼女がなにかを見つけたらしい。その視線の先にいるのは、少女と同じ髪色の壮年の男性……おそらくは父親だ。

父親の方は、他の貴族達と談笑中だった。

なので話しかけるのをやめたのだろう。彼女はバルコニーの方へ向かった。

晩餐後、大広間に移って音楽の音色を背景に歓談する人が多い中、一人でぽつんと立っているのがいたたまれなかったに違いない。誰しも、一度はそういう経験があるものだ。

そう思ったのだけど、私の勘がささやいた。

――あの少女を追ってみよう、と。

少女の後をつける。彼女はバルコニーからさらに庭に降りてしまった。

そのままどこか楽し気に、庭をうろつき始める。

私はこの時点で、『有望そうだ』と感じていた。パーティーを抜け出して庭を観賞する者は、基本的に植物が好きだからだ。

でもまだそれだけでは、仲間になるには足りない。

美しい草花を愛《め》でるだけなら、他の貴婦人達とそう変わらないのだから。

砂色の髪の少女は、蕾をつけ始めた薔薇にも目を向けていたけれど、早々に気持ちが離れたように他の植物の間を回っていく。

やがて少女が足を止めたのは、一本の花が咲き終わったばかりの木だ。

「これは……もしかして、実が生ったらジャムにするのかしら？　じゃないとわざわざ庭に、リンゴなんて植えないわよね？　何の品種かな。実が生る頃にパーティーをしてくれたら、楽しみが増えるんだけど」

首をかしげる彼女のひとり言に、私は「当たりだ」とうなずいた。

観賞用の草花など目にも留めず、花も咲いていない木に注目する人だ。

きっと仲間になってくれる……。

だから声をかけたのだ。

「よく、リンゴの木だとおわかりになったのね」と。

そうして私は少女――リヴィアとの会話で、畑仕事が好きらしいことを探り出し、みごと仲間と認定。

「私のサロンに参加なさらない？」

と勧誘したのだ。

それからしばらくして、セリアンが私の元へやってきた。

教会も色々と顔の広い私の機嫌を損《そこ》ねないように、『仲間になりうる』もしくは『理解があって口が堅い』人間を派遣してくるのだが。

それがまさかディオアール侯爵家の子息だとは思わず、そうと知って私も内心では驚いていたものだ。

しかも彼は、仲間になりうるタイプの人間だった。

気晴らしにやってみたいと言うので庭の一画を割り当てると、彼はさっそく種を自前で用意して、何かの植物を育て始めていた。

ただ彼は、植物を育てるのが上手い方ではないらしい。

ややぎこちない動作や手つきで庭の土を掘り返していたら、隣を割り当てられていたリヴィアが、さっそく指導を始めた。

領地で畑仕事をしていた彼女は、花卉《かき》栽培も経験があるらしく。セリアンの庭はまたたく間にきちんと美しく花が咲くように整えられた。

「肥料はちょっとわからないわ。私の知ってる花ではないみたいだし……」

「それは自分で種をくれた人に聞いてみるよ」

などと話しつつ、彼らは急速に仲が良くなったのだ。

やがて一緒に畑を管理するようになって、見る度にちょっとニヤニヤしてしまっていた。

どう考えても、二人は仲が良すぎる。

いつまでも二人で楽しそうに話している姿など、友達というだけではありえない親密さを感じる。

もちろん、二人とも節度は守っているし……むしろお互いに恋心に気づいていなさそうだったけれど。

周囲の紳士淑女達も同じことを思っていたはずだ。

近くで畑を作っている人々は、微笑ましそうに二人を見ていた。

だからこそ、半年ほど前にリヴィアが他の男性と婚約した時には、「うそ」と言いそうになってしまった。

でも考えてみれば当然だったのだ。

セリアンは聖職者だ。

それでも全く結婚できないわけではないが、その子は平民となる。

家を継がなければならないリヴィアにとっては、選択することのできない相手だ。セリアンの方も、求婚のしようがないはず。

救いは、双方とも自分の気持ちに全く気づいていないこと。あっさりとセリアンは婚約を祝い、リヴィアの方も「あまり話したことがない人だけど、がんばってみるね」と普通の友人を相手にするように応じていた。

——しかし。

（時は来た……というところかしら）

リヴィアは婚約を解消し、自由な身だ。その上で彼女に結婚で問題が発生し、セリアンは主体となって彼女を助けようとしている。

（どう考えても、セリアンの方は自覚ありよね？）

リヴィアの結婚に関するのっぴきならない事情も、セリアンがわざわざ聞き出したらしい。が、もし『友人』が相手だったら、セリアンは遠慮して無理に尋ねようとは思わなかったはずだ。

セリアンはそれほどリヴィアの結婚に強い関心を抱いていて……。そして彼女の意に反する結婚話から解放したがっているのだ。

私が色々と回想している間にも、セリアンはリヴィアの結婚話を潰す計画について、この場にいる参加者に話している。

聞いているうちに、全員が思わず微笑んでしまった。

「その方がいいでしょうなぁ」

二人を見守ってきた、キャベツを育てていた紳士がそう言う。

私もうなずく。

「間違いなくその方が、リヴィアさんも幸せになれるでしょう。がんばってね、セリアン」

そう声をかけると、セリアンは「もちろんです」と答えた。

話し合いが終わると、皆早々に家に戻っていく。

早速マルグレット伯爵についての話を集めに解散したのだ。

リヴィアはニンジンの様子を見てから退出したけれど、彼女自身も少し元気が出たようで、「私も情報を集めます！」とぐっと拳《こぶし》をにぎりしめていた。

協力者が沢山いるとわかって、勇気づけられたのだろう。

皆を見送って、私はひとまず休憩することにした。

食事もお茶もすませたばかりだったので、本を片手に、庭をじっくりと眺められるバルコニーに椅子を出させて、腰を落ち着けた。

そよ風が吹いて、とても気持ちいい。

なんだか未来も明るくなるのでは、と感じさせられる空気に、思わず微笑んでしまった時だった。

「奥様、お手紙が来ております」

家令が呼びかけた。

「まぁ、どちらから？」

「最近頻繁《ひんぱん》にお手紙を送られている方でございます」

「ああ……」

楽しい手紙ではないようだ、とそれだけでわかる。

受け取ったのは、真っ白な封筒だ。

封蝋が押してあるが、淡い桜色の封蝋は確かにここ最近見続けているものだし、封筒の署名も同じだ。

差出人はシャーロット・オーリック。

最初は、封筒に署名さえしてこなかったので、知らない方からの手紙は受け取れないと、家令から手紙を持ってきた者に突き返させていた。結果、シャーロットはようやく署名するようになったのだ。

「私、後進《こうしん》の指導というものは、庭作業や農業のことだけにしたいのにね」

手紙の送り方は、その家の親族から教わるものだ。もしくは家令や執事でもいい。けれどその人物は、誰からも教えられない……もしくは、教わりたくない人物なのだろうと想像がつく。

だからなおさら、彼女とは関わりたくないのだが。

中の手紙を一瞥《いちべつ》して、私はため息をつく。

「何度送ってきても同じなのにね……」

「では、お断りしてまいります」

私よりも年下の中年の家令が、そう言って一礼する。

「ええ、一言付け加えておいて。私のサロンは紹介制ではないのだ、と。私が自分で探して、自分から入れたいと声をかけた方だけを参加させているわ。そして一度お断りした場合、その後も同じ返事をすることにしていると」

「かしこまりました」

答えを聞き、家令がバルコニーから出ていく。

私はため息をついた。

「もう十回ほど同じ内容を返しているのに。なぜわからないのかしら？」

そもそもシャーロットは、セリアンが司祭としてこのサロンへ来ている頃から、参加したいと手紙を送ってきていた。

署名をしていないので受け取り拒否を続けたら、来なくなって安心していたのに。リヴィアがシャーロットに絡まれるようになってから、この手紙が再開されていた。

しかも断った後は、紹介者の手紙を添えてくるようになったのだ。その紹介者は今までにも五人替えている。

「妙な人ね……」

いったいどうして、このサロンに執着しているのか。

最初はわからなかったが、リヴィアが彼女とのトラブルを抱えるようになって、ようやくわかった。

最初に参加したいと言ってきた頃は、ちょうどセリアンが参加し始めた頃。おそらく彼に執着して、後をつけるなりして、このサロンに通っていることを嗅ぎつけたのだろう。

そしてなぜか、シャーロットはリヴィアにも執着しているらしい。

セリアンに恋でもしているのかしら？　と思うが……でも彼と婚約もしていないリヴィアに、なぜ執着したのか。

「サロンに参加したがるのも、いじめの一環でしょうけれど……」

そこまでつぶやいて、私は思いいたる。

「こんな手紙が来て困っているということを、セリアンやリヴィアに知ってもらうため？」

手紙の一件を知ったら、セリアンはまだしも、リヴィアは責任を感じてサロンへ来なくなってしまう。

そういった嫌がらせをするために、何度も手紙を送ってきているのかもしれない。

「なら、今後も話さなければいいわね。そこのあなた、暖炉でこれを燃やしてくれる？」

近くに控えていた召使いを呼び、バルコニーに隣接する部屋の暖炉で燃やさせた。

遠目に、赤い炎を上げて燃え尽きる手紙を眺めて、息をつく。

「ますます、幸せになってもらわなければね」

つぶやいて、私は手紙を燃やした召使いに、ペンと便せんを持ってくるように伝えたのだった。

八章　パーティーの逃亡劇

「セリアンのことが、好き……」

夕食後、一人きりになった部屋の中で、私はつぶやいてしまう。

書き物机の上に広げているのは、エリスから来た手紙だ。

頼んでいたマルグレット伯爵に関する噂話を集めてきてくれて、なかなか重要そうな情報が書かれている。

曰《いわ》く、マルグレット伯爵の最初の奥方も、借金のかたに結婚をしたらしいとか。その情報の裏までとってくれていた。さすがエリス。

感心し、セリアンにそのことを伝える手紙をおおよそ書いたところで……ふと思い出したのだ。

エリスの言葉を。

「こんな大ごとを相談して任せようと思うのだから、あなたも相当セリアン様のことを好きなんでしょう?」

セリアンのことは嫌いではない。

というか、申し訳なくて好きかどうかなんて考えないようにしていた気がする。

それにセリアンも、「最適な結婚相手を他に取られたくないから」とマルグレット伯爵についての対策を講じると言った時に話していたので、たぶんそういう意味だろうと思う……。

「思うのだけど」

最近のセリアンの行動は、利害関係で結婚を申し出た人にしては、少々行き過ぎというか。

まるで、本当に恋してる人みたいで……。

「だから、きっと私も引きずられてしまったのよ」

セリアンの差し出した手に応えたら、自分も恋できるような気がして。

少しずつ、そんな気になって。

だからこそ、自分でもセリアンと結婚できたらいいと、以前よりも感じている。

それにセリアンのことは信頼している。

たぶんお父様以上に……それはお父様がちょっと頼りないせいか。セリアンと比べるのは気の毒だ。

「お父様もほら……一生懸命頑張ってきたのだし」

家族として擁護しておいた上で、セリアンのことに立ち戻る。

彼が頼りにできる人だとわかっているから、頼んだのはそうなんだけど。

もしこれが他の人だったら……と想像してみる。

セリアンと同じように、自分がしたいからだ、という形で私を説得してくれたとして……。

「あら、ちょっと待って。同年代の貴公子の知り合いってあんまりいないかも?」

今まで多かったのは、お父様の知り合い……という形で話したことがあった人。知り合い程度で時候の挨拶ぐらいしかしない。

次に多かったのはフェリクスの友人。これも知り合い程度で、実際はどんな人かよく知らない。

仕方ないので、サロンでよく会話をする方々を例にしてみる。

「……大丈夫って全力で平気なふりしそう。セリアンみたいに口説《くど》き文句を言われたら、それはそれで逃げてしまいそ……」

と、そこで「いやいや。例えに出す人がやっぱりちょっと違う」とつぶやいて首を横に振る。

だから同年代の知り合いを想定する。

まずはフェリクス。元婚約者だからと、同情してくれた場合を考えてみた。けど……なんか騙そうとしているように思えて、信用できない。

次に同年代のよく見知った相手と言えば、領地の使用人達ぐらいか。

セリアンみたいなことを言われたら感動はしそうだけど、同情だろうなと思って、うろたえたりはしな……い……。

「いやいや。彼らは私を連れて逃げるとか難しいし。だから……それよりも頼っても大丈夫な背景があるセリアンに、安心しているだけよね？」

考えれば考えるほど、わからなくなってきた。

なので私は手紙を書きあげることに専念する。

「ところで、いつまで私は風邪《かぜ》のふりをしていればいいですか……っと」

最後にそう付け加えて手紙を完成させ、ふーっと息をついた。

ここ一週間ほど、私は外出を控えていた。なにせ私は『風邪で寝込んでいる』ことになっている。

全ては、マルグレット伯爵とパーティーへ行くのを阻止するため。

伯爵とパーティーに出席してしまうと、『婚約した』と言いふらされてしまう可能性が高い。何よりセリアンが一番危惧していたのが、パーティーの最中にどこかに連れ去られて、既成事実を作られてしまうかもしれないこと。

そうなっては、結婚を避けられなくなる。

だから準備が整うまでは、風邪で寝込んでいることにするように、とセリアンから言われていたのだ。

「でもあと少しで二週間……か」

寝込んで誤魔化せるのも、結婚証明書が再発行されてしまう期限にしても、おおよそ二週間が限界。

セリアンはそれまでに、証拠をそろえてマルグレット伯爵が決して私と結婚できないようにすると、手紙を送ってきていた。

とはいえそろそろ心配になってくる。

マルグレット伯爵をあきらめさせる目途《めど》がついていないようだったら、改めて夜逃げの算段をしたい。なのでセリアンに進捗《しんちょく》を聞いておきたかったのだけど……。

翌日、セリアンから早々に手紙が送られてきた。

読めば、『風邪は治ったことにしていい』と書いてある。

さらには、頻繁にマルグレット伯爵から誘いのあった、あるパーティーに出席してほしいとまで言われた。

『むしろそのパーティー以外には出ないでほしい』とか、『以前そのパーティーを主催する公爵家に世話になったことがあると言うといい』など、私のための言い訳まで考えてくれていた。

きっと、何か策が固まったんだと思う。

だけど、マルグレット伯爵に会いたくない。

パーティーに同伴ともなれば、腕を組むこともある。ダンスも踊らなければならないかもしれない。

「…………触りたくないわ」

小さなため息がこぼれる。しかし私はセリアンに依頼したのだから、彼を信じて出席することにした。


そうして三日後。

ある公爵家のパーティーへ出席するために、私は午後から入浴を始め、着替えて準備を行う。

「これを着るわ」

イロナの前でドレスを指さしてみせると、彼女にはたいそう驚かれた。

「本当に、このドレスでよろしいのですか？」

それもそのはず。夜のパーティーには着ないような濃紺《のうこん》の首元がしっかりと詰まったドレスを選んだのだ。

「さすがにこれは……先方様のご不興を買うのではありませんか？」

「言い訳は考えてあるわ。雨漏りがしてクローゼットにしているお部屋が水浸しになったことにするの。で、お母様の形見のドレスは無事だったから、これを着ることにした……と言うつもりよ」

さもなければ、マルグレット伯爵がわざわざ贈ってきた（いつから用意していたの⁉　怖い！）ドレスを着ることになってしまうのよ。

しかもこのドレスは大事にしまっていたとはいえ、お母様の形見だ。

型も古いのが一目でわかる代物なので、そんなドレスを着た私も、そんな私を連れている伯爵も、ちらちらと人から振り返られるだろう。

そうして私は、伯爵と一緒にいるのが不本意だと周囲に知れ渡るわけで。

同情されるにしろ嘲笑されるにしろ、好きで結婚したと思われるよりずっとマシだと思ってこのドレスを選んだ。

一方マルグレット伯爵としては、「母親の形見という思い入れのあるドレスを着てパーティーに行けるのが嬉しい！」と言われてしまえば、拒絶しようもないだろう。一応私は、パーティーに

『礼を失しない特別なドレス』を着ていくのだから。

「それに、着る予定だったドレスは汚してしまったもの」

私がすまし顔で言えば、イロナはため息をつく。

「あれは汚すと言っていいのか……。まず着られませんものね。ほどいて端切れを使うぐらいしか私にも利用方法が思いつきませんよ、お嬢様」

イロナが言うのも無理はない。

乾かして着ろと言われないように、上から下までしっかりとダメになるように、暖炉の中に落として灰まみれにし、火を点けたろうそくまで落として焦げ目も作ったのだ。

……もったいないけど、ここまでしないとドレスを拒否できない。

もちろんこれについては、保管していたドレスが濡れて、慌てて乾かそうとしたら焦げてしまった……と説明するつもりだ。

なんにせよ、物理的にダメになっているドレスを着てパーティーに出たら、一緒にいるマルグレット伯爵の面目がつぶれるので、着ろとは言われまい。

「汚れてしまったドレスを着るぐらいなら、お母様のドレスを着て出席したいと言う方が、納得するでしょう」

「私もそう思いますがね。ただ、これで先方様がお嬢様との結婚を諦めてくれたらいいのに、とは願っておりますよ」

「……それは無理だと思うの」

マルグレット伯爵は、自分の嗜好《しこう》を満たす相手を物色し……そうして私という獲物を見つけたのだ。簡単に諦めてくれるわけがない。

そもそも私の話をシャーロットがどういう経緯で吹き込んだのか。

「なぜそこまでして、私を追い詰めようとするのかしら」

悪意をもたれるほど彼女にかかわったことなどないのに。

もやもやとした気持ちと、諦めの中にいたが、ふいに部屋の扉をノックされる。

「どなたですか？」

イロナが応対に出ると、そこにいたのは家令のゲイルだ。大きな箱を抱えている。

ゲイルと小声で話し合った末、イロナはその箱を受け取って私の側に戻ってくる。

「それは何？」

「新しいドレスですわ、お嬢様」

「ドレス？　まさかマルグレット……」

「ではございませんよ」

イロナはすがすがしい笑顔で送り主の名前を告げた。

「セリアン様ですよ。出席するよう促したのは自分なので、お詫びのために用意したと。あとこのドレスは、元からお嬢様がお持ちだったことにしてくれとおっしゃったそうです」

セリアンがそう言《こと》づけるのも無理はない。ドレスを贈るなんて、婚約者でもなければするものではないからだ。だから私は、マルグレット伯爵から贈られたドレスを着るのが心底嫌で（自分の物になったと思われるのは心外なのだ）着られないようにしたのだけど。

「え、でもどうやって？　サイズがわからないのにドレスなんて……」

首をかしげてしまう。だって私、セリアンに自分のドレスの寸法とか知られていないはず。むしろ知っていたらびっくりするのだけど。

するとイロナが答えた。

「私がセリアン様から依頼を受けて、仕立て屋に直接教えましたので」

「イロナ……」

彼女がセリアン推しなのは知っていた。けれど、そこまでするとは。

「ご本人にはお伝えしておりませんよ。ご安心くださいませ」

「え、ええ……」

自分のサイズがセリアンにバレていなかったことは、たしかにほっとしたけど。

そうしてイロナは箱から出したドレスを見せる。

えんじ色の絹とオーガンジーを重ねたドレスは、イロナの腕から柔らかな炎が零《こぼ》れ落ちているように見える。けれど深紅《しんく》ではない、落ち着いた色なので、ものすごく派手には感じない。

胸元には布と宝石で作られた大輪の花。そしてスカート部分は幾重もの布が重なり広がっているので、とても華やかだ。

自分が着るのでなければ、「素敵！」と声を上げたくなるような出来である。

でも……。

「私には、ちょっと華やかすぎない？」

「お嬢様の年頃の女性は、これぐらいは着るものですよ。さ、マルグレット伯爵様も、これならご自身が贈ったドレスではなくとも文句を言わないでしょうし、お着替えくださいませ」

「……そうね。セリアンがせっかく贈ってくれたものだし」

うなずき、私は急いでえんじ色のドレスに着替えた。もちろん装飾品も合わせて交換する。

首飾りもイヤリングもダイヤにした。

そうしてなんとか準備が整ったのと同時に、マルグレット伯爵が到着したと知らされる。

エントランスへ降りようとすると、途中でお父様が待ち構えていた。

お父様にはサロンでのことや、みなさんが協力してくれることについては、まだどうなるか決まっていないので話していない。そのせいか、悲愴な表情をしている。が、ドレスを目にすると、目を瞬いた。

「リヴィア、そのドレスは……？」

さすがにうちの家計では、沢山のドレスを作ることもできないので、お父様も見慣れないドレスだとすぐ気づいたようだ。

「マルグレット伯爵からの贈り物は嫌なので、別のドレスを着たのです、お父様」

「気持ちはわかるが……どこから湧いてきたんだ？」

「事情は後で説明いたしますが、私の婚活のために気合を入れて作ったということにしてください。もしマルグレット伯爵に何かを聞かれても、そう合わせていただけるとありがたいのです」

「わかった。お前に苦労をかけているのだから、言う通りにしよう」

お父様はあっさりとうなずいてくれた。

そうしてエントランスへ降り、外へ出る。

マルグレット伯爵は、馬車から降りもせずに私を待っていたようだ。

とても心配そうに見送るお父様を残し、私は一度こっそり深呼吸をしてから、馬車に乗った。

ここからは苦行の時間が始まる。

「贈ったドレスを着ていないようだが？　私に反抗してのことか？」

走り出した馬車の中、マルグレット伯爵は口の端を上げて言った。

「いいえ。頂いたドレスが雨漏りで水浸しになってしまいまして。代わりに、私が新しい婚約者を見つけるのに必要だろうと、お父様が準備してくださっていたドレスを着てまいりました」

私は淡々と答える。

多少棒読みになってるかもしれないけど、かまうものですか。

マルグレット伯爵はふんと鼻で笑った。

「あからさまな反抗をするかと思ったがな。そこそこのドレスを着てくるなど殊勝なことだ。それに大人しく馬車に乗るなど、少々物足りないな」

反抗してみせろと煽るマルグレット伯爵に、私は内心でため息をつく。

本当に悪趣味……。

「パーティー会場ではもっと逃げてもいいんだぞ。ウサギ狩りをするようにとらえて、怯える様を堪能してやろう」

その言葉と重なるように、ぞっとするポエムが聞こえた。

『逃げ惑い、怯えるがいい、私のウサギよ……。その果てに恐怖から私にひざまずく姿を早く見せるがいい……』

反応するとよけいに喜ばせるだけだとわかっているので、私は頬がぴくぴくするのをなんとか押さえつける。

最初は年の差だけで結婚を嫌悪していたけれど、こんなとんでもない性質の人だなんて思わなかったわ。

にしても……こんな曲がった性格を、今までどうやって隠していたのかしら、この人。情報を集めようと思って、色々な人に聞いてみても、彼が嗜虐《しぎゃく》趣味のとんでもない人間だなんて知っている人は、なかなかいなかったのだ。

せいぜい、ちょっと悪い噂がある……という程度で。

「以前の奥様も、そうしていじめ殺したんですか？」

少なくとも、二人の女性と結婚していたのはわかっている。どっちもこの調子で責め立てて、心労がたたって早世したのかしらと思ったのだけど。

「最初の妻は、そもそも体が弱かった。しかし彼女のおかげで、怯える女を見ていると胸がすく気持ちになることを教えてもらったな。次の妻は、さすがに跡継ぎが必要なのでそれまでは遊ばなかったんだが。息子が二人もできた後は、なぜか離縁してくれと泣いて頼んできた上、心を病んだみたいでな。実家に帰したのだよ」

最後にくくくっと笑い声が続く。

どっちの奥方も、無意識にしろ意識的にしろ、この人がいじめたのは変わらない。

その奥様方の実家から何も抗議しなかったのだろうか。今この人がのうのうと新しい獲物（私）を捕まえられるのだから、何か引け目があって、そうできないのだろう。

以前の奥様方も、借金と引き換えの結婚だったのかしら……。

暗い気分の私を乗せて、馬車は会場となる貴族の館へ到着する。

パーティー会場へ入った後、私はもっと気持ちが沈むものを見てしまった。

このパーティーに、セリアンが出席していたのだ。

（私のことを気にして、様子を見るために出席しているのかしら？）

別の男性と一緒にいる姿を見られるのは、なんだか心の中が暗澹《あんたん》としてくる。たとえセリアンが事情をわかっていたとしても、とても悪いことをしている気になるのだ。

（でも、今着ているのはセリアンが贈ってくれたドレスだから）

それを思い出すと、少しだけ気分が軽くなった。

心強いと思う。

（これは……信頼？　恋？）

でも自分の気持ちはまだわからない。

なんにせよここまで来たら参加しないわけにはいかないので、私は顔をうつむけながらも会場の奥へと進んだのだった。


今日のパーティーは、少し変わった趣向のものだった。

最初は全員でテーブルにつき、食事を楽しむ。

次にダンスや音楽を楽しんだ後で、その間に準備が整えられて、ゲームが行われるらしい。

そのゲームの内容が問題だった。

「初代王の故事になぞらえて、王妃を探し当てるゲームをいたしましょう」

食事中、主催である公爵夫人が、にこやかに説明してくれた。

私達の国は、一度王朝が交代している。

なので初代王といっても、交代後の今に続く王家の最初の王のことを言う。国名も変えたのだから、それで問題はない。

その初代王は、王位継承の争いの末にその座を勝ち取った人だ。当時は王が跡継ぎもないまま亡くなってしまい、血縁のある臣下が王位をめぐって争っていた。

初代王は戦の協力者を求める中で、他の王位継承者がさらった大領地の姫を、みごと救い出した。

彼女はのちに王妃となり、初代王を支え続けたのだ。

という故事に基づいて、参加者のうち女性達は館のあちこちに隠れ、それをパートナーが見つけるというゲームを行うのだとか。

「…………」

はっきり言って、人目につかないところでマルグレット伯爵に探し当てられるのは心底恐ろしい。

それだけではなく、マルグレット伯爵に探し当てられたら、結婚の約束をしている相手だと披露するも同然。

（というか……これ、それとなく出席者の中で婚約が決まっている人を紹介するためのゲームでしょ？）

おそらくは招待状に『婚約の予定がある方にも、ぜひご出席いただけるようお声がけください』とか、『婚約者をそれとなく紹介するゲームを予定しています』とか書いてあったのではないだろうか。

私の所には直接の招待状はなく、マルグレット伯爵からの出席の打診があったパーティーだったので、よく知らないけれども。

テーブルについた人々を見回せば、主催である公爵家の縁戚だろう人達（セリアンも含まれる）以外は、婚約するだろうと噂になっていた令嬢と貴公子の二人で出席している人が多かった。

マルグレット伯爵が、わざわざこのパーティーを選んだことがうかがえる。

そのマルグレット伯爵は、隠せぬ喜びが、やや上がった口の端に現れていた。隠れて逃げようとする私を捕まえるのを、楽しみにしていそう……。ああ嫌だ嫌だ。

ゲームの開始を宣言した後、主催の公爵夫人が私ににこやかに声をかけてくださった。

「さあ、ご自身の未来の王様が迎えに来てくださるのを、楽しみにして待っていてね」

「はい……」

一度しか顔を合わせたことがなかった公爵夫人が、私に対して親し気にしてくれるのを不思議に思う。

でも考えてみれば、セリアンが『主催の公爵家に私は恩があるということにしておけばいい』なんて伝えてきたのだもの。あらかじめセリアンから、話を合わせてくれと言われていたんでしょう。

はいとしか言えなかった私だが、絶対に伯爵に見つかるわけにはいかない。

私は公爵夫人に会釈するなり、素早く姿を消した。

実は私、この公爵家には一度だけ来たことがある。その時はお昼の、令嬢ばかりのお茶会だったのだけど。

館の全貌《ぜんぼう》をしっかりと見ていたので、見つからない場所にもアテがあった。

「優雅に待っていられるような場所になんて、隠れていられないわっ！」

他の令嬢達が向かう、温室だとかバルコニーに用はない。

私は庭に出て、噴水の側に場所を定めた令嬢の横をすり抜けてさらに奥へ。

貴族令嬢がまず来ないだろう、庭師小屋の近くにある、低木の茂みに身をひそめた。

使用人の住居の近くに隠れようなんて貴族はまずいない。子供ぐらいのものだ。

普通はそんなところに隠れるとは思わないので、マルグレット伯爵も来ないだろうけれど、念のためいつでも逃げられるように、周囲を警戒していたら。

くくく……と、笑い声が聞こえてぞっとした。

「ここまで探しに来るまいと思ったのだろうな……可愛いことだ。逃げおおせることなどできないというのに」

ちょっ、ここまで後をつけてきたの⁉

急いで逃げよう。

なるべく音を立てないようにと思うけど、地味なものとはいえ裾の広がったドレスではなかなか素早い移動は難しい。

すぐに追いかけてくる足音が近づいてきて、振り返ると意外と健脚なマルグレット伯爵が走っているのが見えた。しかもあちらの方が歩幅が大きいので、おしとやかな動きではすぐに追いつかれそうなのだけど⁉

私は足場の悪い庭ではなく、建物の中を移動しようとした。

けれど庭から館に入ったところで、廊下の奥からマルグレット伯爵の従僕がこちらに気づき、駆け寄ってきた。

「ひっ……！」

もう見た目になどかまっていられない。裾をしっかりと持ち上げて、私は猛然と走り出した。

うなれ、畑を駆けまわって培《つちか》った私の健脚！

しかし目についた階段を上った瞬間、あ、これ逃げ場がなくて追い込まれたかもしれない、と思ったけれど仕方ない。

どこかの窓から階下に落ちて、怪我でもしてやるわと思ったのだけど。

「おいでリヴィア」

私の心を引きつける、やわらかな響きの声。

振り返ったそこには、扉からすっと差し伸べられた手。

私はその手の持ち主を知ってる。いつもスコップを握っていたのを見ていたから、間違えるわけがない。

迷いなく手を掴むと、部屋の中に引き入れられる。

「セリアン！」

小声で名前を呼ぶ私を、セリアンは抱きしめた。

「よかった、間に合った。君が捕まっていたら、人のいない場所へ誘導して決闘でもしなければならないと思っていたよ」

「決闘っ⁉」

貴族同士の決闘は、認められてはいる。

お互いを殺さないように、という条件はあるけれど。時には大怪我をすることもある。そして自分がもし決闘ができない身体なら、代理を頼むことだってできるのだ。

マルグレット伯爵なら、確実に騎士か誰かを代理にするだろう。

「危ないことはしないで。怪我なんてしたら……」

セリアンが怪我したら、私、どうしていいかわからなくなる。

想像しただけで胸が苦しい。

「やだなリヴィア。僕だってそう簡単には負けないよ。だって……」

セリアンは私の頬に手を添えた。

「負けたら、君を手に入れられなくなるからね」

「セリアン……。でもあなたには怪我一つしてほしくはないのよ」

その手や腕に切り傷でもできたら、私は申し訳なくて、セリアンに二度と顔を合わせられない。

でも同時に、そうまでして自分を守ってくれようとする彼の気持ちに、言い知れない喜びを感じてもいた。

だから、唐突に理解した。

（私……セリアンのことが、好きなのかもしれない）

これがお父様だったとしても怪我はしてほしくない、けれど一方で、父親として戦ってくれたのだと誇りに思える。

だけどセリアンは違う。

不安や悲しみと同時に、私のために命をかけてくれたことへの喜びも感じてしまうだろう。

私だけのために、そうしてくれたことが嬉しくて。

そんな自分の気持ちに戸惑っていると、セリアンが小さく笑う。

「大丈夫、決闘の必要はないよ。あの伯爵から逃がしてあげるから」

その言葉に私は安心した。

ああ、セリアンはいつだって私が一番してほしいことを察してくれる。

感動しながら彼に手を引かれて、そのまま部屋のベランダから外へ。この部屋には、庭に降りる階段があったようだ。

そうして庭に出たところで、セリアンはなぜか私をダンスをしていた会場の前まで連れていく。

なるほど、と納得する。

セリアンは私を見つけたのは彼だということにして、マルグレット伯爵と私の婚約が決まっているとはわからないようにするつもりなのだ。

でもこれでは、セリアンに迷惑をかけてしまう。シャーロットのこともあるのに申し訳ない。

私はセリアンが相手だと思われたら、その方が嬉しいけど……。

「セリアン、ここまでしてしまったらあなたの立場が……」

「大丈夫、君が伯爵から逃れられる準備は整ったから」

にこやかに手を引くセリアンに導かれ、私は掃き出し窓が大きく開かれている広間のバルコニーに上がった。

私達に気づいて、広間で若い男女が戻ってくるのを待っていた主催の公爵夫妻や、年配の参加者達がこちらに注目し、近づいてくる。

「え、でもこのままじゃ……」

なし崩しに私の婚約者がセリアンだと思われるのでは？　と続けようとした言葉が途切れる。

鮮やかにセリアンが私の頬に口づけたから。

私は絶句する。

こちらを見ている人々が「あら」とか「まあ」とか言っている中、セリアンは次に私の手を持ち上げて、するりと指輪をはめてしまう。

――右手の薬指に。

そのまま膝をつき、セリアンは周囲にも聞こえる声量で言った。

「結婚を承諾してくれて嬉しいよ、リヴィア。一生大切にするから」

……まさかの結婚宣言。しかも私が承諾した体《てい》で。

聞いていた周囲の人が拍手を始め、明らかに私とセリアンが結婚の約束をしたことが公表された事態になっていた。

「なっ……！」

叫び声に振り向けば、従僕と一緒にマルグレット伯爵が駆けつけてきたところだった。

先ほどよりもさらに急いで走ってきたらしく、ものすごく息をきらしている。でもこの状況では抗議しにくかったらしい。

なにせ周囲はみんな私とセリアンを祝福して笑顔で話している。自分が婚約するはずだったのに、と叫んだら、無様《ぶざま》に他の男に婚約者をとられた男だと喧伝することになる。それは不名誉すぎて、マルグレット伯爵もできないようだ。

しかも、子供ほどの年齢の娘とすすんで結婚しようとしたとなれば、堂々と言えないのも当然だ。

あくまで自分が望んだわけではなくて、先方から困った末にそう申し出られたから結婚する、と

いう体裁をとりたかったはず。嗜虐趣味があるなんてことも、他者に知られないよう隠していたのも同じ理由なのでは。

しかもここで、セリアンはマルグレット伯爵の退路をさらに断った。

優雅に微笑んでマルグレット伯爵に会釈する。

「この度は私達のために手を貸してくださってありがとうございます、マルグレット伯爵。僕が他の皆様を驚かせたいからと、彼女のエスコートまで任せてしまって。けれど父親以上のお年の伯爵でなければ、こんな役目を彼女の相手であると疑われずに任せることはできませんでしたので、本当に感謝しております」

「…………いや」

マルグレット伯爵はつぶやくようにそう発しただけで、口をつぐむ。

それで終わりかと思いきや、セリアンはさらにマルグレット伯爵に一歩近づいて、ささやくような声で言う。

「今までの奥方達についても、リヴィアの父君についても、借金を『わざと』作らせたそうで」

マルグレット伯爵がものすごい目でセリアンを睨みつけた。怒鳴りつけようとしたのか、大きく口を開けようとしたところで、セリアンが微笑みながら続けた。

「リヴィア嬢を貶《おとし》めるようなことを言えば、それ相応の対応をいたしますよ。このパーティーは、ただでさえ僕の側の味方が多いのです。あなたがどんなに騒いでも、なかったことにできる」

その言葉にマルグレット伯爵が周囲を見た。私もそれとなく背後に目を向けると、先ほどよりも見知った顔が多くなっていた。

みんな、サロンに参加している方々だ。公爵夫妻の近くには、レンルード伯爵夫人がいつの間にか立っていた。

マルグレット伯爵が逆上した時のことまで考えて、セリアンはサロンの人達に参加を依頼していたのだ。

「あなたの所業についても、証人をかなり押さえています。それを全てつまびらかにされたくないのなら……諦めてくださいますね？」

「……くっ」

マルグレット伯爵は、何も言わずに、その場から立ち去った。

ほっとしながら私は思う。

私の父だけが「詐欺だ！」と一人で騒いでも、黙殺されただろう。マルグレット伯爵の方が社交界には知人が多いだろうし、それこそ借金を負わせた相手を使って、私の父こそが悪かったのだ、という噂を流されたかもしれない。

でもディオアール侯爵家が相手であり、セリアンはマルグレット伯爵の悪行の証拠を持っているのだ。諦めるしかなかったのだろう。

「あそこまで言ってよかったの？」

セリアンは、マルグレット伯爵を脅し返したのだ。あの手の人物は、かなり根に持つだろう。

「いいんだよ。関わった時点で、やっかいなのはわかっていただろう？　リヴィアも。それに徹底的に潰さないとは言っていないし。あの伯爵に対しての対処はパーティーの後でするからね」

「え」

私はセリアンの言葉の意味を悟《さと》って、目を見開いた。

この場では穏便に済ませたけれど、後でマルグレット伯爵が何もできないよう、徹底的に潰すつもりらしい……。

「逆上してリヴィアを誘拐なんてしたら困るからね」

「それは確かに困るけれど……」

なにせ召使いを貴族の権限で闇に葬《ほうむ》った疑惑がある人だ。逆上した時に、どうせならと私を破滅させようとしてもおかしくはないので、セリアンの行動には反論できない。

セリアンは伯爵の姿を見送ると、私の肩を抱きすくめるようにして、公爵夫人達の輪の中に入ってしまう。

マルグレット伯爵はもういないけど、『私がセリアンの求婚を受け入れた』という状況を、事情を知らない参加者達にも印象づけておきたいのでしょうけれど。

「ええと」

私は戸惑う。人前でどう話していいのか。

だって打ち合わせていたわけでもなんでもない。気づいたらこの状況ができてしまっていたから。

でもほとんどセリアンが受け答えをしてくれた。

「二人はいつから交流があったのかしら?」

「実は、あるサロンに参加している彼女を、教会の用事があって訪問した僕が見かけて、友人になったのがそもそものきっかけだったのですよ」

うん、まぁ嘘は言っていないわね。

セリアンが完全にサロンの一員になっていたとは言わないだけで。

「当時からリヴィア嬢のことを好ましく思っていましたけれど、僕は聖職者でしたから。そう簡単に婚姻ができるわけでもなく……。なにせ彼女は貴族令嬢です。聖職者の妻子は貴族としての籍から外れてしまいますし、そんな身分に彼女を置くわけにはいきません。それで、気持ちを打ち明けずにいたんです」

ちょっと悲恋っぽい雰囲気が漂ったところで、周囲に集まっていた貴族の皆さんが、痛ましそうな表情になる。みなさんこういう悲恋とか好きですよね。

「けれど今回、還俗して家に呼び戻されましたので。それならばと彼女に求婚したんです」

「よかったわねぇ……」

ご婦人方が、両手をにぎりしめて涙ぐんだ。

これもセリアンは嘘を言っていない。求婚はされた。結婚相手を探すのが難しいから、困ってるなら僕と結婚しないか？　という感じで。

「今日、ここで求婚をして皆さんに公表したいんだと言われた時は、ちょっと驚きましたけれど。上手くいってよかったわ、セリアン」

公爵夫人は優しい親戚のおば様という表情で、ほほえましそうに言う。近くにいたレンルード伯爵夫人達も一様にうなずいた。

いいえ、私、そんな計画は全く知りませんでした。

レンルード伯爵夫人達も知っているのに……というか、私だけ知らされてなかったの⁉

「みなさん改めて、二人を祝福してさしあげてくださいな」

そう公爵夫人が声をかけ、周囲の人々に拍手を送られた私は、ものすごく後ろめたい気分だった。

「とにかく助かったわ、セリアン。あの老伯爵、ものすごい嗜虐趣味の変人だったから、いじめ殺されるところだったもの」

帰りの馬車の中で、セリアンと二人きりになった私は深いため息をついた。

今はあの拍手の直後だ。

マルグレット伯爵との追いかけっこもして疲れ果てたので、早々に二人でパーティーを辞去させてもらった。

セリアンはありがたいことに、このまま私を家に送るのと合わせて、お父様に婚約の話をしてくれるらしい。

私としてはもう、反対するような気持ちはない。

彼と一緒にいられる方が嬉しいし、安心できるから。

それに好きかもしれないと気づいたら、シャーロットと対峙《たいじ》したり、セリアンの親戚に白い目で見られることについても、受けて立とうという気持ちになっていた。

でも懸念がいっぱいだ。

「あなたはこんなことして大丈夫なの？　マルグレット伯爵はさておき、シャーロットのこともあるし」

そもそも伯爵に私をおすすめした元凶がシャーロットなのだ。なのにセリアンと結婚することになったと知ったら、何をするかわかったものではない。

ただでさえ、私の行動を先読みしたような恐怖の手紙を送ってきているのに。

「君がその女性に対抗しきれなかったのは、家の力のせいもあるだろう？　うちと真っ向から喧嘩なんてできないから、心配しなくても大丈夫」

「だけど……」

家の力だけではなく、人を動かしての嫌がらせをされたらどうするのか。

心配する私の頭を、隣に座ったセリアンがぽんぽんと軽く叩く。

「僕の方は問題ないよ。それに君と僕の話は、明日には知れ渡るだろうから、今さらじゃないかな？」

たしかに。こんなふうに周知してしまったのに、セリアンとの婚約をとりやめるわけにもいかない。なにしろ婚約がだめになったら、あんな真似をしたセリアンの名前に傷がつく。

と、そこで思い出した。

「この指輪はいつ準備したの？　そもそも私の指のサイズなんてよくわかったわね」

セリアンがはめてくれた指輪は、驚くほどサイズがぴったりだった。測られた覚えもないのにと思ったら。

「ああ、それは君のところの召使いに頼んだんだ」

「召使い⁉」

そんなことをした人がいたっけ……と考えたところで、私は思い出した。

そういえば数日前、イロナが私の指に指輪をいくつかはめては外し、というのを何度かしていた。かなりシンプルなものを。

旦那様が指輪のサイズを確かめておくように言いまして……とすまなそうにしていたので、マルグレット伯爵が早々に指輪まで作ろうとしているのだと考えて、ものすごく疲れた顔をした記憶があるわ。

イロナには申し訳ないことをしたと思ったけど。

まさか、指輪の贈り主が実はセリアン推しだったなんて。

でも考えてみれば、イロナはセリアンだった。彼に頼まれたのなら、「どんと任せてください」と言って嬉々として指輪のサイズを確認したに違いない。

「それ、うちの家に伝わる指輪なんだ。サイズもちょうどよかったから、急いで直す必要もなくて助かったよ。結婚するしかなくなったんだから、大事にしてくれると嬉しいな、リヴィア」

そう言われて、私は卒倒しそうになった。

ディオアール家の指輪。しかも代々伝わっているなら、相当な由来か価値があるものだ。

指輪を凝視して、私は今さらながらに、セリアンと結婚するしかなくなったことを自覚した。

「でも指輪を返したいのなら……無理は言わないよ。改めて、マルグレット伯爵に君が迫られた結果だと話が知れ渡るようにすればいいから」

優しいセリアンはそう言うけれど。

私は首を横に振った。

「いいえ」

指輪を返したい、とは思わなかったのだ。

(セリアンに離れられたくない)

こんなにも私のことを守ろうとしてくれる人は、セリアンの他に思いつけない。

今日のことがあるからこそ、強くそう思う。

(まだシャーロットのことは残ってる。でも、セリアンならきっと……フェリクスのようなことにはならないって信じられるし)

だから、セリアンと結婚しよう。

「私、あなたと結婚する。面倒なことに巻き込んでばかりで申し訳ないけど、よろしくね、セリアン」

そう言うと、セリアンはとても嬉しそうに微笑んでくれたのだった。

九章　婚約のご挨拶に行きます

その後、セリアンを連れていくと、お父様は目をまん丸にしていた。

しかも婚約の申し出を受けると、呼吸が止まりそうになって、家令に背中をさすられたりと一時混乱していた。

あげくセリアンからマルグレット伯爵との借金について言及された時には息絶え絶えになり、仲介に入って穏やかに収めましょうと言われた時には、そのまま魂が天へ旅立ちそうで、私は慌てた。

こんな状態で、お父様がちゃんとセリアンの話を聞いているのか心配になったのだけど、しっかりと記憶は残っていたようだ。

翌日、朝食の席で何度も「あれは夢じゃないのか？」「わたしは幻覚を見ていたんじゃないだろうな？」と何度も私に確認してきた。

でもセリアンからの、午前のうちにあらためて挨拶に行きたいという手紙を読んだお父様は、ようやく安心できたらしい。滂沱《ぼうだ》の涙を流して喜んだ。

「よく……よくやった。でかしたリヴィア！　さすが我が娘……」

感涙にむせんで、ひとしきり喜んだ後で、お父様はようやく疑問を思い浮かべる冷静さを取り戻した。

「で、いったいどこで出会ったんだ？」

「レンルード伯爵夫人のサロンです。セリアンが司祭職にいる時から、度々顔を出していて」

表向き、セリアンは寄付や慈善活動に熱心なレンルード伯爵夫人の元に、慈善事業の打ち合わせなどのために訪問していたことになっている。

……が、まぁそういう形で貴族家へ出入りする、聖職者になった貴族の子弟というのは多い。それもこれも寄付をつのるため、伝手《つて》を増やすためである。

お金がないと、どんな慈善活動をしようにも身動きがとれないのだからと、神教側は積極的に貴族出身の人間を使っているらしい。

特に司祭まで階級が上がれば、そこそこの自由度はあるそうなのだ。

「ああ、あの音楽を聴きながら庭を観賞するとかいうサロンか。なるほどな」

よもや娘がニンジンを育てているとは思わないお父様は、さらっとその部分を流してくれた。

「とにかく挨拶に行かねばならん！　むしろ逃さないようこちらから行くべきだ！　さもなければ、どんな高名な家から横やりが入るかわからんからな！」

お父様は息まいているけれど、王家ともつながりのある侯爵家に今日すぐに訪問できるわけがない。

まずはディオアール家へ、こちらから訪問する旨《むね》を手紙で出して了解をとり、訪問にふさわしいドレスを選び出す。

お金を一番沢山投入して仕立てたドレスを着ろと言われて私が選んだのは、薄紫のベルスリーブのドレスだ。

父は自分が持っている中で最も質のいいシャツや上着を出して着こみ、黒のインバネスを前日からしっかりとアイロンがけをさせて羽織った。

手に持っている杖も、普段は家の奥にしまっている、曾祖父の遺品だという琥珀《こはく》がはめ込まれたものだ。

気合十分の父と一緒に、私は初めてディオアール侯爵家を訪問した。

そう、訪問するのは初めてだった。

友達歴は二年ぐらいなのだけど、サロンでしか会ったことがなかったから、おうちに訪問なんてしたことなかったので。伝手がなかったから、侯爵家のパーティーにも参加したことはなかったし。

おかげで先方の家族に自己紹介して話すのは、これが初めてということになる。

さすがの私も緊張してきた。

「お父様。ディオアール家の皆様方については、どこまでご存知でしょうか……」

「寛容な方々だとは聞いているが……。お前こそ何か知らないのか？　ご子息と知り合いだからこそ見初めてもらえたんだろう。色々話しているんじゃないのか？」

「それが……。セリアンは司祭だったし、万が一もないと思っていたから、本当に趣味の話ぐらいしかしたことがなくて……。セリアンも私も、家の事情をあれこれ話すわけではないし」

私の個人的に困ったことなんかは話していたし、セリアンも司祭職をしていての笑い話は度々してくれていたけれど、お互いに家の話はあまりしていない。

セリアンも家に戻ることになるなんて思わなかっただろうから、侯爵家のことは完全に自分と切り離していたんだろうな。

「お父様こそ、社交上で何か聞き知ったりしたことは……」

「王家と縁続きで、時には宰相《さいしょう》職まで任される家だぞ。おいそれと話せるか。どちらかというと、うちの領民がうっかり王領地に入ったことがバレやしないかとか、それが気になって近づけん……」

「え、入ったんですか？」

お父様は重々しくうなずいた。

「吹雪《ふぶき》で迷った末に……長毛鹿まで捕ってきたと聞かされた」

「それはマズイですね」

王領地にちょっと迷い込むだけならまだしも、動物を狩ったとバレては国王の不興を買う。

しかもお父様は隠し事が苦手だ。顔色を見ていれば、すぐにわかると言っていたのは家令だったか、お父様の従弟《いとこ》にあたる親類の人だったか。

不審な態度のせいで、変に探られては困るからと、お父様は王族に関連のある家には近づかないようにしていたのだろう。仕方ない。

どちらにせよ、セリアンの両親に関する情報は皆無に近い。

表向きかもしれない『寛容』だという噂を信じ、親子でびくびくしながら馬車に揺られることしばし。

馬車が止まる。

扉の外から到着しましたという声を聞き、私と父は覚悟が決まらないままだったが、馬車の扉が外から開かれる。

まず父が先に出た。外に誰かがいたらしく、緊張しながら挨拶をしているのが聞こえた。

すぐにその人物は、ひょいと扉の中の私を覗き込む。

「セリアン」

どうやら彼は、玄関先まで迎えに出てきてくれていたらしい。

「外まで来てくれてありがとう。中で待っていてくれてもよかったのに」

そう言うと、セリアンは微笑んで応じた。

「きっと君が、怯えながら来るだろうと思って。先に僕だけが顔を合わせておいた方がいいかなと」

「……正直、助かったわ。ありがとう」

セリアンの配慮に礼を言った。なにせついさっきまで、父と一緒にぶるぶる震えていたのだ。セリアンを見てものすごくほっとしてしまった。

セリアンは館の中へ先導する。

「どうぞ、中で父と母が待っていますので」

「ありがとう」

セリアンに続いて、エントランスへ向かう階段を上がりながら、父が横でささやいた。

「本当に、お前と親しいのだな……」

まだ信じられないという目で、父はセリアンを見ている。

そう言われるのも無理はない。セリアンは貴公子然とした、やや長めの金の髪に緑の瞳の秀麗な美青年だ。濃紺の美しい模様が織り出された上着は、お父様の服よりも上等なものなのが見てとれる。

そんな相手に普通寄りの自分の娘が選ばれたことが、信じられないのだろう。

……まさか利害の一致とか、ニンジンで培った友情だとは思うまい。

そんなことを考えつつ、私はいよいよ侯爵家の館に足を踏み入れた。

「ようこそ、お待ちしていましたよフォーセル子爵」

ディオアール侯爵夫妻は、エントランスの中で待っていた。

さすがセリアンの父母だけあって、絵画の天使のようにほっそりとして美しいご夫妻だった。セリアンの金の髪色も目の色も父親の侯爵似らしい。

ただセリアンは遅くに生まれた子なのだろう。侯爵はうちの父より一回りは年上に見える。顔立ちは侯爵夫人の方に似ているようだ。

応接間に通され、すぐにあたたかな紅茶がテーブルに並べられる。

ひとしきり社交辞令の挨拶をしたところで、父がおどおどとした顔で切り出した。

「この度は我が家には過分なお話をいただき、感謝申し上げます。ですが……本当にうちの娘でよろしいのでしょうか……。その、王族のお嬢様を娶られることが多い王国きっての名家に、うちのような家の娘が嫁いでは……」

お父様は輝くばかりに麗《うるわ》しいご夫妻を見て、ますます不安になったのだろう。肩身が狭そうだ。

けれどディオアール侯爵はしわの刻まれ始めた顔をほころばせた。

「いえいえ。こんなに早く縁談がまとまって、私どもも安心しているんですよ、フォーセル子爵。うちの長男がなかなか縁に恵まれないことはご存知でしょう？」

「はぁ……」

王族などに年の合う女性がいなくて、まだ結婚していないセリアンの兄のことだ。

「うちの慣例から、王族とつながりのある家から妻を娶ることが多いのは確かですし、体の弱い長男だからこそ、それに少しこだわりすぎましてね。そもそもこの慣例を厳守する必要もないのだからと、次男と三男のセリアンには、他国とのつながりが濃い家でなければ、何も気にせずに花嫁を選ぶように言っていたのです」

そこはセリアンから聞いた話通りだったけれど……。ディオアール侯爵の提示した条件なら、私よりももっと綺麗だったり、実家が裕福な家の令嬢もいただろうに。

私を助けるために、申し訳ないことをした……。

いまだにセリアンから私に対して、恋のポエムが聞こえてこない以上、彼が恋愛感情から結婚を申し出てはいないことに変わりないのだ。

荷物を背負わせてしまったな……と考えていた私に、差し向かいに座ったセリアンがお茶を勧めてくる。

冷めないうちにお茶をもう一口いただいた。いいお茶だ。うちで使っている葉よりも、二ランクぐらい上だと思う。さすが侯爵家。

親同士が話している中で関係ない話をするのもと思い、いい味ね、と口に出さずに表現したくて、セリアンに微笑んでみた。

セリアンは応じるように微笑み返し、ケーキスタンドからマカロンや小さくカットされたケーキを取り分けて、無言で私に勧めてきた。

……物欲しそうな顔でもしていたかな？　でも甘い物は欲しかったので、フォークを手にとってありがたくいただくことにする。

「それに、とても信頼できるお嬢様だとうかがっていますよ」

ディオアール侯爵夫人が、父親同士の会話にそっと声をさしはさんだ。

侯爵夫人の目は、やけに楽しそうに私とケーキ皿に向けられている。

……物を食べると喜んでくれるタイプの方なんだろうか？

たまにいるのだ。自分の采配で用意した料理やお菓子を、しっかりと食べると喜んでくれる貴婦人が。

でも一人だけで食べているというのも、ちょっと肩身が狭い。しかし用意してくれた夫人に勧めるのもおかしいので、目と指先でセリアンに（そっちもケーキ食べる？）と聞いてみた。

（僕はいいよ）

（でも私一人で食べているのも……）

なんか落ち着かないじゃない。だからクッキーを一個、トングでつまんでみせる。

（じゃあ一つだけ）

そんなやり取りを経て、私はセリアンにさほど甘くないだろうケーキを取り分けて押し付けた。セリアンも粛々とケーキにフォークを入れ始める。

そうしてもそもそと食べる方に注力をしはじめた私とセリアンを見て、ディオアール侯爵は楽し気に言う。

「それにとても気が合っているようです。合わない相手と一緒になることは、後々不幸を引き寄せかねません。かくいう私も、妻とは幸いにも気が合ったからいいものの、そうでなければ王族の流れを汲《く》む家からは、花嫁をもらわなくてもいいと思っていたぐらいで」

「ご、ご夫妻が仲睦《むつ》まじくいらっしゃるのは、だからなのですな」

父が、しどろもどろに応じている横で、私はセリアンと二人でむしゃむしゃとケーキを食べ終わる。

「もう一ついかが？」

「あ、はい。ではそちらのクルミのものをいただければありがたいです」

食べ終わった直後に侯爵夫人にすすめられて答えると、私のお皿にクルミ入りのケーキが二つも並んだ。

おいしいケーキばかりなので嬉しいのだけど、この調子で食べ続けると、私、持っているドレスのお腹周りを全部直さなくてはならない。

「あの、とても美味しいです。もしかして、お菓子専門の料理人をお雇いになっていらっしゃるのですか？」

「まぁ、そんなに褒めていただいてうれしいわ」

侯爵夫人がものすごく機嫌がよさそうに、ころころと笑う。

「実は私が自分で作りましたの。でも作りすぎてしまって。よろしければ、お持ち帰りにならない？　リヴィアさん」

「は、はい。ありがたく頂戴いたします」

できれば婚約者の両親には気に入られたい私にとって、否《いな》なんて返事はありえない。持って帰って家でも食べさせていただきますとも。

そんな私と侯爵夫人の様子を、侯爵様自身も嬉しそうに見ていた。

……この家の人の中での良い嫁の基準って、まさかお菓子をたくさん食べる女性だったりするのかしら？

首をかしげたい気持ちでいたら、セリアンまでも微笑ましそうな表情になっていたのだった。


そんなこんなで顔合わせは無事終了した。

婚約についてはお父様が先方と約束を取り交わす手続きなどをするので、私は特にすることはない。

後は婚約披露のパーティーを開くことになった。

パーティーに関しては通常「してもしなくてもいい」ものだけど、名家となるとお客様を招いて盛大に行う必要があるみたい。

「なまじ家が長く続くと、あちらこちらとこういったお披露目《ひろめ》に招待しないと、後でなにかとうるさい方も多いものですから」

「セリアンの婚約に、口をはさみそうな人間もいるらしいんですよ。やんわりと『うちの娘の方が』と打診してくる家も多いもので。招待状を送ってお断りの返事にしたいと思っていまして」

ディオアール侯爵夫妻は、そんなふうに語っていた。

……口をはさみそうな人間の中には、マルグレット伯爵だけではなく、シャーロットも入っているんでしょう。

ドレスについては、婚約者としてプレゼントしたいと言われているので、セリアンに任せることになった。パーティーの会場も準備も、ディオアール家でしてくれる……というか、弱小子爵家のうちにできるのは、そのお手伝いがせいぜいだ。

侯爵夫妻にもセリアンにも、任せてほしいと言われたので、申し訳ないながら全面的にお頼みすることになってしまった。

お父様はそちらの手伝いをするとして、私がするべき仕事は、うちにかかわる貴族のお友達など、パーティーに呼びたい人に招待状を出すことだ。

パーティーを行う広間と庭を見せてもらい、人数も打ち合わせたので、私は翌日から招待状を書き続けた。

三日後には一斉にあちらこちらへ届けさせ、王都内の館に滞在する方々からは、翌日に返事が来た。

「ほとんどが出席だわ。ノーリスの大伯父様も、珍しい……うちで開く数少ないパーティーも、一度だって出席したことがないのに」

返信を運んできた上で、開封の手伝いをしてもらった召使いのイロナに、私はなにげなく話す。

「沢山の方に来ていただけるようで、ようございましたねお嬢様。それに涙に暮れての婚約式になるかもと思っておりましたから、楽しそうにしていらっしゃって、あたしもほっとしております」

「イロナにも迷惑をかけてしまって申し訳なかったわ」

問答無用ではめられた指輪は、私が何も言わなくても、セリアンの婚約を受けたという証《あかし》になってくれた。サイズがきちんと合っていたおかげだ。

それを支援してくれたのはイロナだ。

「あたしはたいしたことはしておりませんよ。ただ、このままだとリヴィアお嬢様が家出をなさって、人さらいにあってしまうかもしれないと、心配はいたしましたが。……あと、二番目のお嬢様はリヴィアお嬢様や一番目のお嬢様と違って、領地の運営には明るくないと聞きました。二番目のお嬢様が領地を継ぐことになったら、領地にいる私の娘の暮らしが心配になると思いまして」

私はぐうの音も出ない。

女一人で出奔《しゅっぽん》したところで、すぐさま人さらいに誘拐されてしまいかねない。国は治安を守ることに力を入れるようにしているとはいえ、王都の中だけならまだしも、街道上でも郊外の警備は難しい。

それに二番目のお姉様が逃げたのは、領地運営の勉強を嫌がってのことでもあった。夫になった人も、他の貴族と渡り合っていくことも必要なのに、いい人すぎて……不安だ。

ただでさえうちの領地は裕福とまでは言えないのに、うっかりと貴族間の交流で失敗したら、領地の産物を売り買いする時にも、ひどい目にあうだろう。イロナはそういう心配をしたのだ。

私も、もろもろを考えた上で、逃げそこなった以上は継ぐしかないと諦めたぐらいだもの。

「あの方でしたら、間違いなくこちらの家を継ぐにしろ、継がないにしろ、力になってくださると思いまして」

イロナがにっこりと笑う。

「イロナの慧眼《けいがん》に助けられたわ……」

しみじみとつぶやきつつ、私は出席者の一覧を作っていく。

一覧ができ上がったら、今度は席順を考えなければならない。基本的には、セリアンの家で呼ぶ方々を前側に……という配置になるだろうけれど。序列的に、高位の方が多いものね。

なんて考えていたら、騒がしい足音とともに扉が叩かれた。

妙に焦ったノックの仕方に、イロナもいぶかしみながら訪問者を確認する。

「お嬢様、家令のゲイルがお手紙を持ってまいりました」

「何か問題のある手紙なの？」

手紙を届けるだけで、うちの家令がバタバタと足音を立てて走ることはないのに。

するとと、部屋に入ってきたゲイルは、困惑気味の表情で美しい藤色に染められた封筒を差し出した。

「お、お嬢様、王家からのお手紙でございます」

「はい⁉」

さすがの私も驚いた。

「王家からの手紙⁉　王家には親しい方もいないから、招待状なんて出していないし……って。そうよ、セリアンの家に届くものが、間違ってうちに届けられたのではないの？」

誤配なら納得できる。そう言ったのだけど、ゲイルは首を横に振った。

「間違いなくお嬢様のお名前で届いております。差出人はアレクシア王女様です」

「え……」

アレクシア王女が私に？　お茶会の招待状でもないのに。

疑問には思うけれど、とにかく中身を見なくては話が始まらない。金の封蝋に、間違いなく王家の印が入っていることを確認し、びくびくしながら開いた。

中に入っていた淡い薔薇色の便せんに書かれた、流麗な文字を目で追って……私は、口をぽかーんと開けてしまった。

「お嬢様、何かご叱責《しっせき》のお手紙でしょうか？」

黙り込んでしまった私を心配して、イロナがそう尋ねてくれる。

私は首をゆるゆると横に振った。

「ご叱責などではないけれど。その、王太子殿下が婚約披露パーティーに出席しようとしていて……。それで、万が一の場合にそなえたいから、申し訳ないけれどアレクシア王女を私の招待客ということで、パーティーに招いてほしいって……」

イロナもゲイルも、目を丸くしたまま二の句が継げなくなっている。

手紙の内容を要約した私も、まだ衝撃から立ち直れていない。

アレクシア王女を、私の招待客にするの⁉

というか、パーティーに王太子殿下が出席しようとしてるって、どうして？

「ま、まずはセリアンに手紙を書くわ」

会場はディオアール侯爵家なんだし、王族が来てもあの方々なら対応できるだろう。

そしてアレクシア王女を私が招待する形になった場合の、おもてなしの方法なんかも聞かなくては。

「王族だなんてすごいことになりましたわね……」

「さすがディオアール侯爵家」

イロナとゲイルは感心するばかり。

私は感心するような心の余裕が持てないけれど、結婚するからには、こういうことにも対処していかなくてはならないのだから……と奮起《ふんき》した。

そして私はセリアンに、いったいどういうことなのか把握している？　という問い合わせの手紙を書いた。

その日の午後。

セリアンは、すぐに私のところにやってきた。

「ちょうどよかった、リヴィア。サロンへ行こうか」

「サロン？」

あの手紙を送ったら、なぜサロンなのか。よくわからないけれど、馬車の中で内密の話がしたいのかと考えて、私は出かけることにした。

「お嬢様、お供いたします」

こころえたイロナが、サロンへ出かける時に持っていく品一式をまとめて、鞄《かばん》に詰めた物を抱えてついてきてくれる。鞄の中には、汚れてもいい靴、エプロン、畑仕事用の汚してもいい服とか手袋が入っているのだ。

「ありがとう。うちの馬車を使って、後からついてきてくれる？」

「承知いたしました」

イロナに礼を言い指示をして、私はセリアンの馬車に同乗し、出発した。

二人になって早々に、セリアンが話し始める。

「手紙で知らせてくれてありがとう、リヴィア。こちらもそのことで、君に話したいと思っていたんだ」

「ということは、テオドール王太子殿下がパーティーに出席したいと言っているのは、本当なの？」

セリアンはうなずく。

「テオドール王太子殿下から招待してほしい……というか、『どうして招待してくれないのか、友達じゃないのか』と、兄がやんわり責められたみたいでね」

「殿下はセリアンのお兄様と、そんなにも親しいの？」

「小さい頃から、話し相手に王宮へ上がっていたからね」

さすがは王族の血を引くディオアール侯爵家だ。

「それでも、友人の弟の婚約パーティーごときに、王族が参加したがるというのもおかしいから、僕も探りを入れていたんだけど……」

セリアンはため息をついて、続ける。

「今日、レンルード伯爵夫人の館に詳細を知っている人が来るんだ。君も直接話を聞いた方がいいだろうから、一緒に行こうと思っていて」

「詳細を知っている人？」

首をかしげる私に、セリアンが苦笑いする。

「そう。会えばわかるよ。僕も詳細まではまだ聞いていないから、それ以上は詳しくわからないんだ」

セリアンの言葉に納得し、私は馬車に揺られてレンルード伯爵夫人の館に入った。

館では、決まった曜日にサロンが開かれている……ことになっている。

しかし、作物や果樹が心配な人達が訪問するので、庭には毎日サロンの参加者が誰かしらはいる状態だ。伯爵夫人が不在の時は、家令が対応している。私も何度か、直接庭に訪問させてもらって、畑の様子をみたものだった。

今日は私達が到着すると、エントランスの前でレンルード伯爵夫人が待ち構えていた。

いつもは果樹の世話をするため、腕カバーや手袋にエプロン姿の夫人は、今日はドレスを着ていた。

五十代という夫人の年齢に合った落ち着いた藍《あい》色のドレスは、銀糸で複雑な模様を織り出した高級品。

私はそんなドレスが必要な相手が、伯爵夫人の館にいるのだと察した。

でも誰が？

知っているセリアンは夫人に簡単に挨拶し、問題の人物がいる場所まで案内してもらう。私は大人しくついていき……館の奥まった場所にある応接室に足を踏み入れて、息を呑む。

「お久しぶりね、リヴィア嬢」

ソファに座っていたのは、ブルネットの髪に金の髪飾りをつけた妖艶な女性……アレクシア王女だ。

「え……」

どうしてここにアレクシア王女が？

ぼうぜんとしかけたけれど、長年かけて染みついた礼儀作法が、無意識のままその場に膝をつかせた。

「あ、アレクシア王女、お久しぶりでございます」

「ああ、そんなにかしこまらないで」

アレクシア王女は笑顔で私に立つよう促した。

「あなたの婚約者も、膝まではついていないわよ？　あなたが侯爵家の一員になるのなら、もっと堂々としていていいのよ？」

たしかにセリアンは膝をついていない。胸に手をあてて簡単に一礼しただけだ。けれど同じ対応をするわけにもいかない。

「まだ私は、子爵家の者でございますので」

「謙虚ね、リヴィア嬢は。高位の家に嫁ぐことになった令嬢は、たいていが婚約した時から振る舞いが変わってしまうものだけど。……良い人を選んだわね、セリアン」

「お褒めにあずかり光栄です。本当に良い人と出会えたと思っております」

セリアンはさらりと礼を言う。

私はうつむいてしまう。

そんなふうに褒められるようなことではないのに、面はゆくてたまらない。

一方で、困惑してもいた。

アレクシア王女の手紙を見てセリアンに連絡したら、セリアンと一緒に王女に会うことになってしまったわけだ。

けどセリアンは最初から、テオドール王太子殿下のパーティー出席の打診について詳細を知っている人がいると、私に言っていたのだ。

アレクシア王女は間違いなく詳細を知っているだろうけれど、普通、本人が私なんかに会いに来るものだろうか。というか、王女が私に招待してくれというのもかなりおかしな話なわけで。

兄妹そろって、セリアンの家から招待してもらえばいいのではないかしら？　なぜ王女は私から招待されることを望んだのか……。

それもこれから説明してくれるのだろうけれど、直接話す必要があるとなれば、内密にしなければならないような、やっかいな話になる気がした。

アレクシア王女は、私やセリアンに、向かいの席につくように促した。

三人だけで話したいとあらかじめ伝えていたんだろう。レンルード伯爵夫人は着席せず、部屋から出ていってしまう。

すぐにアレクシア王女が話し始めた。

「とても困惑しているみたいね、リヴィア嬢。無理もないわ、手紙を送ったあげくに、こんなふうに会うことになるとは思わなかったでしょうし。でも、わざわざ内密に会う機会を作ったのは、詳細を聞きたいというあなたの婚約者の要望があってなのよ」

アレクシア王女は微笑んでセリアンに視線を向けた。

「兄のテオドールの件について、いったい何が原因でパーティーに出席したがっているのか説明してくれってね。私としても、ちょっと妙なことになっているし、リヴィア嬢の婚約者のセリアンには説明しておくべきだと判断して、レンルード伯爵夫人に席を設けていただいたの。あなたにも話しておくべきだろうと思ったから、一緒に連れてきてくれてちょうどよかったわ」

セリアンからアレクシア王女に説明を求めたのね。

会うことになった理由はわかったけれど、王女にそんな要求をするなんて、さすが縁続きの名家出身の人は違う。

「それで、テオドール殿下とアレクシア殿下が急にパーティーに出席することにした理由を、私達に教えていただけますか？」

セリアンの言葉に、アレクシア王女はうなずく。

私はかたずをのんで、王女の話に耳をかたむけた。

「我が兄テオドールは、あなたのお兄様のアルベルトに直接会って要望したそうね」

「左様です、殿下。『なぜ呼んでくれないんだ』と言われたそうで。兄もたいそう困惑していました。王族を臣下の婚約パーティー……。しかも後継ぎになるかわからない、第三子のものに呼ぶのもおかしいことですから、遠慮していたのですが……」

アレクシア王女は「わかるわ」とうなずいた。

「普通の再従兄弟《またいとこ》なら呼ぶのでしょうけれどね。特にセリアン。あなたは聖職につくと決まっていましたから、あまり私や兄と遊ぶこともなかった。だからアルベルトほど親しくはなかったもの。その兄なのだけど、お忍び同然でパーティーに参加するつもりだったみたいで、自分の周囲にも、ごく一部の侍従達にしか話していないみたいなの」

セリアンが尋ねる。

「ではどちらからその話を？　そもそも兄がテオドール殿下から話をされたのも、昨日のことだったのですが」

「兄の近衛《このえ》の一人よ。お兄様が行動するなら、どうあっても騎士や護衛を連れていかなければならない。侍従達にしても、いくらお忍びでも護衛の手配は必ず行うわ。だけどお兄様って時々突発的にお出かけになって、私の行動に支障が出る場合があるの。だからあらかじめ知らせてとお願いしてあるの」

アレクシア王女は「内緒よ」と微笑む。

私は苦笑いした。

たぶん婚約披露パーティー以外で、王太子殿下にそうそう関わることはないので、秘密を語るような接点もないだろう。

セリアンの方を見ると、彼は視線を落として何かを考えているようだった。しばらく経って、彼は口を開く。

「……王太子殿下からの頼みを、断ることは可能でしょうか」

セリアンはお忍びを許したくはないらしい。何が起こるかわからないし……、知っているのならディオアール侯爵家自身も警備に多大な労力を割かねばならない。

「私も一応、母や父に止めてくれるように頼んでみたのよ。正式に招待される、ということはそれで回避はできると思うのだけど。誰かの招待状を借りて入り込むことも考えられるし、下手《へた》をすると当日、招待状もないのに押しかける可能性も危惧しているわ」

私は「うわ……」と内心でつぶやく。

招待状もないまま押しかけてこられたとしても、王太子殿下が相手では断りにくい。セリアンも渋い表情をしている。

「だから、万が一のために私が出席しようと考えたの。王家からの祝福は私が来ているので無用、と直接兄の出席を断ることができるもの」

「お気遣いいただきありがとうございます」

アレクシア王女は、婚約パーティーを守るために、出席しようとしてくれていたのだ。私は感謝を伝えて一礼する。

「気にしないで。私も兄におかしな行動をとってほしくないからこそ、こんなことをしているだけだから。それにこの間のお茶会であなたには不愉快な思いをさせてしまったし。そのお詫びと思って?」

「お茶会のことはアレクシア王女のせいではありませんのに……」

誰だって、参加した令嬢の一人が横っ飛びで池に飛び込むなんて考えるまい。

「主催者ですもの。最後までお客様には楽しく過ごしてもらいたいわ。そのお詫びを兼ねて、あなたに会いにここまで来たのよ」

「もったいないお言葉です、アレクシア王女」

なんにせよ、王太子殿下のことはアレクシア王女にお任せできるらしいことは理解した。

ほっとした私だったけど……。


ついでにニンジンの世話をしていくことにした私。

さっとドレスだけ着替えて、レンルード伯爵夫人の館の庭に出た。

セリアンも上着を脱ぎ、腕まくりをして一緒に畑の雑草取りをしてくれている。二人でやるから、すぐに作業が終わる。

綺麗になった畑を見て、伸びをしながら私はつぶやく。

「王族が、婚約披露パーティーに出席することは避けられないのね……」

でもサロンに来る前よりは、気が楽になっていた。アレクシア王女が、守ってくださると言うのだから、こんなにも心強いことはない。

セリアンはそんな私の言葉に小さく笑った。

「仕方ないよ。うちは王家とかなり密接な関係があるから」

「知ってはいたのだけど。結婚してからのことになると思って……油断していて」

覚悟を決めるのが遅すぎたのだ。なんとか今日一日で、婚約の時からがっちりと関わることを受け入れ、明日からは対応について学ばなければ。

そんなことを考えていると、隣に立っていたセリアンが私の方に一歩近づく。彼は手袋を外して、身を乗り出してくる。

「後悔……している？」

今さら何を言うのだろうと、私は笑った。

「後悔はしていないわ」

今はもう、セリアンと結婚したいと思っている。

他の人のことは想像できないし、結婚に付随《ふずい》するあれこれも、受け入れる覚悟はできているのだもの。

答えを聞いたセリアンは、とてもうれしそうに微笑んで私を抱きしめた。

「あのっ、セリアン、ここじゃ見られる……！」

他にも畑仕事や果樹の手入れをしている人がいるのに！

「大丈夫。誰も見てないから」

そうささやかれても信じられませんが⁉

焦って目だけを動かして周囲を見れば、視界に映る範囲の人々が、不自然にこちらに背を向けていた。

作業の手を止めて、関係ないところの草むしりをしている人までいる！

これ、今は見てなくても、その瞬間は全員に目撃されていたのでは……恥ずかしい。

穴があったら隠れたいけれど、そんなわけにもいかない。その一方で……セリアンの腕の中はどこか守られている感じがしていた。

恥ずかしさの方が勝って、身じろぎしてしまうけれど。セリアンはそんな私をさらに強く抱きしめる。

「君を後悔させないように、これからもがんばるよ」

私はセリアンの言葉に目を丸くする。

いいえ、あなた十分にがんばっているでしょう⁉

「あんなにマルグレット伯爵のことを探ったり、人を集めたり、私のために尽力してくれる人、他にいないと思うし、セリアンはもうがんばりすぎだと思うの」

見上げて言えば、セリアンは「そんなふうに思ってくれて嬉しいよ」と喜んでくれる。その笑顔に、私も嬉しくなって……ふわんと心が温かくなる。

同時に肩の力が抜けて、抵抗しようという気持ちがなくなった。

そうして彼の腕の中に収まりながら、私は思った。

私はどうも、セリアンのことをかなり好きなのかもしれない……と。

エピローグ　シャーロットは動き出す

灰色の石を積み上げた大聖堂は、曇り空を背景にするとてつもなく厳《いか》めしい雰囲気に満ちている。

「陰気よね……」

私は足を止めてつぶやく。

できるだけ、ここに来たくはなかったのだ。

教会から糾弾された、という嫌な記憶があるせいだ。

「……今の私のことじゃないけど、嫌な印象ってぬぐえないものよね」

「シャーロット・オーリック嬢？」

私を先導していた修道士が、聖堂の扉の前で待っている。なかなか階段を上がってこない私に、不思議そうな顔をしていた。

「今、参ります」

答えて、私は聖堂の前階段を上った。

聖堂の中はさらに陰気だ。

石造りの建物の奥には、陽の光が届きにくい。そして夜の間に冷えた空気がたまっているかのように、肌寒いのだ。

上にショールでも羽織ってきたらよかった……と思いつつ先へ進むと、ようやく明るい部屋に通された。

そこは南向きの、陽が入る部屋だったので少し暖かい。

ほっとしつつ、先に部屋で待っていた人物に私は一礼する。

「この度は、多大なるご配慮を賜りありがとうございます、王太子殿下」

すると部屋の中にいた黒髪の青年が、立ち上がった。

「こちらこそ、君が私に明かしてくれたことを、改めて感謝したい、シャーロット。そして国に、人々に奉仕しようというその崇高な決意に、感謝している」

微笑む王太子は、精悍《せいかん》でややきつめの顔立ちが和らいで見えた。

「よく、聖女に立候補することを決意してくれた」

王太子の言う通り、私は聖女として立候補したのだ。王太子の後押しを受けた上で。

「お褒めの言葉、感謝いたします。けれど、臣下として当然のことでございます」

殊勝なことを言いつつも、私は内心でほくそ笑む。

王太子が完全に自分の味方になってくれて、本当によかった、と。

でもこんなふうに感謝されるのも、当然のことだ。

聖女という存在を抱えた国は、他の国に大きな顔ができるのだから。

――教会の影響力はとても強い。

時には各国の王族の権力をもしのぐ。国の成立において、神から祝福を得て、王になったという形をとる国ばかりだからだ。それを追認してくれる教会にそっぽを向かれてしまえば、王の権威が失われる。
そして教会は、自分達の権威を増す道具として聖女を欲している。そのため、聖女を抱える国に
はなにかと配慮をするのだ。
たとえどこかと開戦したとしても、聖女にこじつけた理由にしておけば、教会が無条件でその国
を支持するくらいには。
だから国も教会も、聖女を欲する。
同時に……あの人物も、聖女であればそうそう手を出せない。しかも自国の聖女であればなおさ
らだ。
内心でそんなことを考えつつ、私が王太子と会話を続けていると、扉がノックされた。
誰が来たのか察して、修道士が私を誘導する。王太子の少し後ろに下がる位置へ。
そうして扉から入ってきたのは、金の刺繍がほどこされた赤い外套に、白い髪の上に赤い帽子を
載せた老人だ。
私は膝をつき、その一歩前に立つ王太子は立ったまま一礼して敬意を示す。
初めて見る枢機卿は……厳格そうな人だった。
私は『以前起こったこと』を思い出して、緊張する。枢機卿という職種の人間にも、良い思い出
がない。
けれどここで怯えた様子を見せてはいけない。

（大丈夫、結局側には近寄れなかったから、祝福については体感してもらえなかったけれど、王太子という強力な後見がついていてくれるのだもの）

自分の心をなだめていると、名前を呼ばれた。

「シャーロット・オーリック。面を上げるように」

「はい」

眼光鋭い枢機卿に負けないよう、私は真っ直ぐに目を見返した。

そんな私を厳しい眼差しで見つつ、枢機卿は決定を口にした。

「あなたを、聖女候補とします。その祝福にて、さらに人々のために神の奇跡を分け与えてください。後日、その功績をもう一度審議した上で、正式な聖女として列聖を行います」

私は黙って頭を下げて決定を受け入れつつ、口の端を上げた。

（これで、もうすぐ……完璧に破滅させられる）

番外編　彼と彼女のはじまり

レンルード伯爵夫人は、妙な人脈を持つ人だ。

病気がちだと噂の侯爵家の令嬢やら、偏屈だという隣国とつながりのある貴族や、他国から嫁いだ夫人が、いつの間にか彼女の元に出入りしており、その誰もが夫人を尊重している。

噂によると、彼女のサロンに秘密があるらしい。

が、サロンの会員はただ「レンルード伯爵夫人の育てた花を観賞しながら、ピアノの演奏を聞きつつお茶をしているだけですよ？　ああ、花や木の詳しい話をしますね」と答えるだけだ。

しかもそのサロンは、レンルード伯爵夫人から直接声をかけられないと参加できない。

参加者の紹介では入り込めないのだ。

謎のサロンをきっかけに、かなりの人脈を築いているレンルード伯爵夫人は、特別篤志家《とくしか》というわけではない。

だが時々、教会から人をやってご機嫌伺いをすることになっている。

その人脈を通じて、寄付関係の依頼などをする時に、よく協力してくれるらしい。

ただご機嫌伺いをする人間は、限られていた。

「……で、植物の話ですか？」

「そうだセリアン」

聞き返した僕に、赤い外套を身につけた枢機卿がうなずいた。その動きに、首にかけられたメダイを連ねた首飾りが硬質な音を立てる。

彼は僕が教会に入った頃から、後見人のように気にかけてくれていた人だ。

僕が王族ともつながりのある侯爵家の人間だからだろう。そう、彼は冷めた視点で思う。なんにせよ、あの頃から年月が経ち、枢機卿の赤い帽子の下の髪もかなり白くなってしまった。

それを感慨深く思いながら、枢機卿の言葉に耳を傾けた。

「そうだ。夫人のサロンに派遣できるのは、秘密が守れて植物栽培に興味のある人間でなければならない。君は秘密を守ることについては慣れている」

「はい」

僕はうなずく。

そもそも僕の実家は、大量に秘密を抱えている特殊な家だ。

口外してはいけないことばかりなので、知っていることをうかつに話すなと教育されて育った。

なにせ今でも密かに、王家のために暗殺までこなしている家――それがディオアール侯爵家だ。

幼い頃から、父母が何をしているのか見てきているし、それを秘密にすることには慣れていたので、教会内部のことについても口を閉ざすことに、さしたる苦労を感じずに今まで生活してきていた。

ちなみに、正直すぎる者が秘密を漏らしてしまうと、とある王領地の修道院詰めになって一生外に出してもらえなくなる。

なぜ特定の修道院かというと、監視ができるように人を配置しているからだ。

むしろここの監視役側になった修道士や司祭は、口の堅さを見込まれ、後日位階を上げられて大聖堂勤務になることが多い。

「しかし秘密を守らねばならないような、特殊なサロンなのですか？　それならサロンを開いている日を外して伺えばよいのでは」

秘密なんて知らないに越したことはない。だからそう言ったのだが。

「毎日のようにサロンの人間が来る家でな。それはできないのだ。……そうそう、サロンの内容が個人的に気になったのなら、参加してきてもいい。では頼んだぞセリアン」

そう言われ、僕はレンルード伯爵夫人のサロンへ赴《おもむ》くことになったのだった。


そして……訪問した初回のうちに、僕はレンルード伯爵夫人の秘密について理解した。

「ああこれは……秘密にするしかありませんね」

目の前に広がるのは、どう考えても貴族の庭というより……菜園か？　と心の中でつぶやく。

その表現も、ちょっと違うかもしれない。

なにせふつう菜園には、果物の木は含まれない。果物でも、時々は花を観賞するために植えることもあるけれど、今見ているものは違うだろう。

たぶんリンゴの木は、花の観賞用には植えない。

花が可愛らしいのは確かだが、よほど好きでなければ、実を期待して植えるものだろう。

綺麗な花が咲いている花壇もあるが、僕の記憶が確かなら、あれは薬草にできるものばかりだったはず。

それよりももっと、貴族の庭として異質なのは、どうみても本格的な畑があることだ。

大根。

ジャガイモ。

キャベツ。

その近くにあるのは、黄アゲハが舞っているところからして、ニンジン畑ではないだろうか。

畑の周囲にいるのは、汚してもいい地味な衣服を着た老若男女が数人。

あれこそがサロンの参加者である、貴族達だ。

「かなり地に足の着いた趣味をお持ちの方ばかりのようで」

思わず漏らした言葉に、僕の向かい側のソファに座ったレンルード伯爵夫人が微笑む。

「そうでしょう。だからこそ他の人々には活動内容を見せるわけにはいかないのよね」

「納得しました。そして僕も一生口をつぐむことをお約束いたします」

「ええ、そのように願います。皆様の名誉にかかわりますから……」

レンルード伯爵夫人がそう言うのも、大げさなことではない。

野菜を育てる畑仕事は、農民のすること。

花も基本的には庭師を雇って世話させるもので、せいぜい薔薇を育てるのが、貴族らしい趣味
……という考え方が広まっている状態で、こんなことが知れたら、陰口を叩かれてしまう。

貴族にとって陰口は致命的なものとなりうる。

戦争がないため、戦功を上げて名誉を取り戻すこともできず、交友関係が重要になってしまう今の時代では。

するとレンルード伯爵夫人が僕に誘いかけた。

「もしよろしければ、ご担当になっている間だけでも何かお育てになってみませんか？　うちの使用人が水やりは代行しますし、週に一度お越しになられるぐらいの方が、植物の成長具合がよくわかって楽しいかもしれませんわ」

僕は少し考えた。

レンルード伯爵夫人は、仲間として植物栽培を行ってしまえば、ますますサロンのことを口外できなくなると考えて、促しているのだろう。

ならば、安心してもらい、教会への協力を続けてもらうためにも、その誘いに乗った方がいいのかもしれない。

「そうですね。気晴らしになるかもしれません」

うなずくと、レンルード伯爵夫人は僕に庭の一画を割り当ててくれる。

使用人に準備していた木の札や杭を持ってこさせ、僕の区画がわかるようにもしてくれた。

木の札には、名前の頭文字だけが書かれる。

僕は考えた末、家から植物の種を持っていくことにした。

（確か、兄上がこれが足りないと言っていたな）

育てるものは、茎にちょっとした麻痺《まひ》毒がある草を選択した。

侯爵家から持ってこさせた種は、細長くて小さい。そして思ったよりも量が多かった。

翌週、さっそく種を蒔こうとした。

司祭になる前は、教会の畑を掘り起こすこともしたことはある。種を蒔くことだって、子供の頃から何度か経験があった。

でも丈のそう高くはない植物なのだから、これでいいだろうと、僕は小さなスコップで畑を掘り起こしていたのだが。

「それだと夕方までに終わらないかもしれませんよ?」

隣の、頬かむりをしていた女性が、声をかけてきたのだ。

彼女は立ち上がり、近くの土に刺していたスコップを持ち上げて僕に渡してくる。

「これでちゃっちゃと掘り起こした方が早いです。どうぞ」

彼女が立ち上がったからわかったが、僕よりも年下の少女だった。

枯草色のワンピースドレスにエプロンをして、砂色の髪をまとめ、麦わら帽子を頬かむりでしっかり固定した姿から、年取った女性だと思っていたのだが。背後や横からちょっと見ただけでは、わからなかった。

でもなんとなく、彼女が畑にいる姿はしっくりとくる。

派手な顔立ちではないものの、可愛らしいという表現が似合う令嬢なのに。

とりあえず僕は礼を言って、彼女からスコップを借りた。

「使い終わったら、近くの土に刺しておいてください。伯爵夫人の使用人の方が、後で片づけてくださいますから」

「なるほど、ありがとう」

礼を言うと、にこっと笑って、彼女はさっさと自分の畑に向き合う。

何か細かに枝分かれした葉を持つ作物を育てているようだ。彼女は畝に生えている草取りをしている。

よほど畑仕事が好きなのだろう。

僕はそう思う。

なにせ自分と顔を合わせた年頃の令嬢というものは、たいていが顔をじっと見て、もう少し話したそうにする。それをはしたないと思う令嬢でさえ、それとなく気にしてくるものだけど。

彼女には一切それがなくて、ありがたかった。

僕は司祭職にあってさえ、家名を背負って生活しているようなものだ。

自分の立ち居振る舞いや発言から、ディオアール侯爵家について何かを聞き出せないかと思う人間も周囲に多い。

だから女性が自分を気にしてくれるのは悪い気分はしないものの、変にこじらせる令嬢がいると、僕の評判が落ちる。それは困るのだ。

でも彼女の態度のおかげで、レンルード伯爵夫人邸にいる時は、気が抜ける時間になったのだった。

次に彼女が話しかけてきたのは、久しぶりに彼女と予定が合った時だった。

植物の丈が伸びたところで、彼女はそっと尋ねてきた。

「あの、少し前から気になっていたんですけれど、この植物はけっこう丈があるのでは？」

実は自分でも、意外とこの草は丈が高かったかもしれないと思い直していたところだった。いつも束になって乾燥させたものを見ているので、それほど高いと感じていなかっただけで。

こうしてレンルード伯爵夫人の庭に来るようになって、近くのジャガイモや、この令嬢が育てているというニンジンよりも茎が長いなと再認識したのだ。

「それだけの丈があるなら、もうすぐ大風が吹く時期だから、折れてしまうかもしれないわ。だからこれ」

彼女が差し出したのは、細長い杭のようなものと細い紐《ひも》だ。

「支柱なの。支えがあれば折れないし、綺麗にまっすぐ伸びた方が花が咲く植物は摘んだ時に綺麗ですよ」

花の栽培にも慣れているらしい彼女の忠告に、僕は従った。

支柱への結わえ方も、彼女に指導してもらう。

ちょうどその一週間後、大雨と風の強い日があった。

少し焦った僕は、都合をつけてレンルード伯爵夫人の庭へ様子を見にきた。けれどあの令嬢が言う通り、育てていた植物はほとんど折れたりすることなく、すくすくと伸びていたのだった。

「あらセリアン様。花を育てるのがお上手なのですね」

声をかけてきたのはレンルード伯爵夫人だ。

「いえ、よくわからないまま育て始めたんですが、隣でニンジンを育てている令嬢が、色々と教えてくれるおかげで立派に育っているんですよ」

そう言いながら、僕はふと思う。

考えてみれば、あの令嬢の名前を知らない……。

「ところで彼女の名前をお聞きしても？」

するとレンルード伯爵夫人は実に楽し気な表情で答えた。

「フォーセル子爵令嬢リヴィア様よ」

それから僕は、リヴィアについて調べた。

王都から少し離れた田舎の領地を持つ貴族、フォーセル子爵家。

その令嬢であるリヴィアは、姉達が修道院へ入ったり、分家の男性と結婚したので、三女なのに総領娘の立場になってしまったらしい。

そこで父親が彼女を王都へ連れてきて、婚約者を探させるため、様々なパーティーに出席させているのだとか。

元々、領地で暮らしていた時に館の近くの農地で手伝いをしていたらしい。畑仕事が堂に入っているのも当然だった。

僕は彼女に支柱の礼を言うため、サロンへ来る日を調整した。

そうしてサロンに通うようになった理由を聞いてみる。

「レンルード伯爵夫人が誘ったにしても、どうして君はここでニンジンを育てようと思ったんだい？」

畑仕事の後、レンルード伯爵夫人の応接間でお茶を口にして休みながら語らった時、リヴィアは何も隠すものはないとばかりに、自分の事情を話してくれた。

「結婚をしなくてはならないのは、理解しているのよ。だけど私、あまり長いこと畑仕事ができないと落ち着かなくて。そんな様子を、レンルード伯爵夫人に見抜かれて勧誘されたのだと思うわ」

「畑仕事をしないと、落ち着かない？」

「そう。うちはそれほど裕福な家じゃないから、領地の館の庭も畑にしているの。で、そこで作物を育てるのが楽しくて……あと刺繍とか音楽とか苦手なものだから、逃げる口実に、周囲の農家の手伝いに行っていたのよ」

「逃げる口実……」

貴族令嬢となれば、音楽や刺繍が好きな女性が多いと認識していた僕は、ちょっと驚く。

自分の母親も、心を落ち着けるために刺繍をすると言っていたので、そういうものだと思っていたのだ。

「だけど王都に来たら、館に畑は作れないじゃない？　わがままを言ってリンゴの木だけは植えてもらったけれど、やっぱり畑仕事がしたいのよね。だからレンルード伯爵夫人のお誘いは渡りに船で」

そう言ってすがすがしい笑みを浮かべるリヴィアに、僕はますます気が抜ける気がする。

「僕はこうして植物を本格的に育てたのは初めてで。今まで多少は手を出したことがあるけど、たいていは庭師がやってくれていたから」

「ええ、普通の貴族の家ではそれが当たりまえだし、少しでも庭仕事をしたことがある人の方がめずらしいかもしれないわ」

リヴィアはうなずいて聞いてくれる。

「でも自分の力だけでやってると、育てるのが楽しいというのがわかってきたな。それもこれも、順調に育つ手伝いをしてくれた君のおかげだ。ありがとう、リヴィア嬢」

そう言うと、リヴィアは照れたようになる。

「褒められるなんて思わなかった。やっぱりレンルード伯爵夫人のお誘いに乗ってよかったわ」

彼女は照れ隠しのように、目の前に置かれていたお茶を飲む。

その時ふっと思ったのだ。

いいな、と。

こんなふうに穏やかに話しながら、同じ趣味についてお互いに肯定し合える時間を持てることが、とても素敵に感じたのだ。

できれば彼女ともっと、こうして話す時間を持ちたい。

だから僕は言った。

「花が咲いたら君にもぜひもらってほしいな」

「それなら、ニンジンを少し持っていく？　あ、でもサロンからニンジンを持って帰ったら怪しまれるかしら？」

「行き来の途中でもらったと言えば大丈夫だよ。野菜を寄進する人もいるからね。教会はそれを拒否したりしないし……でもせっかくだから、実家に持っていこうかな」

「え、侯爵様達に食べさせるの？　綺麗な形のを選ぶわね」

リヴィアの返答に、僕は笑ってしまう。

自分の家とはいえ、侯爵家の手土産にニンジンを持っていくと言う自分もどうかと思うし、それを止めるどころか綺麗な形のものならいいだろうと考える、リヴィアがおかしかった。

「ぜひ頼むよ」

そんな会話を重ねた後日、僕はリヴィアと一緒の作物を作るようになったのだが。

自分から女性にわざわざそんなふうに近づいたのは初めてだと、気づくまでにはもう少しかかるのだった。

どうも、悪役にされた令嬢ですけれど　1

＊本作は「小説家になろう」（https://syosetu.com/）に掲載されていた作品を、大幅に加筆修正したものとなります。
＊この作品はフィクションです。実在の人物・団体・事件・地名・名称等とは一切関係ありません。

2020年2月20日　第一刷発行

著者 ……………………………………………… 佐槻奏多
©SATSUKI KANATA/Frontier Works Inc.
イラスト ……………………………………………… 八美☆わん
発行者 ……………………………………………… 辻 政英
発行所 ……………………………… 株式会社フロンティアワークス
〒170-0013　東京都豊島区東池袋 3-22-17
東池袋セントラルプレイス 5F
営業　TEL 03-5957-1030　FAX 03-5957-1533
アリアンローズ公式サイト　http://arianrose.jp
編集 ……………………………………………… 玉置哲之・今井遼介
装丁デザイン ……………………………………… ウエダデザイン室
印刷所 ……………………………………… シナノ書籍印刷株式会社

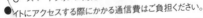